Le complexe du papillon

Casterman
Cantersteen 47
1000 Bruxelles

www.casterman.com

ISBN : 978-2-203-10228-6
N° d'édition : L.10EJDN001564.C002

© Casterman, 2016
Achevé d'imprimer en novembre 2016, en Espagne.
Dépôt légal : avril 2016 ; D.2016/0053/184
Déposé au ministère de la Justice, Paris (loi n° 49.956 du 16 juillet 1949
sur les publications destinées à la jeunesse).

Tous droits réservés pour tous pays.
Il est strictement interdit, sauf accord préalable et écrit de l'éditeur, de reproduire (notamment par photocopie ou numérisation) partiellement ou totalement le présent ouvrage, de le stocker dans une banque de données ou de le communiquer au public, sous quelque forme et de quelque manière que ce soit.

Annelise Heurtier

Le complexe du papillon

casterman

À Nadège, la meilleure partenaire de course à pied,
d'échange de recettes étranges et de discussions
en tout genre, sur notre petit muret, face à l'océan…

1.

Pendant le petit déjeuner, mes parents écoutent toujours la même station de radio. Et ce matin, entre la rentrée des classes, la menace terroriste et les mégapromos sur le jambon, c'est encore plus démoralisant que d'habitude (en tout cas lorsque l'on s'appelle Mathilde Fournier, que l'on a quatorze ans et que l'on aurait vraiment besoin d'entendre autre chose que les réclames du coin ou les infos déprimantes de France et d'ailleurs).

Aujourd'hui est un matin de « première fois ». Première rentrée, premier Noël, premier anniversaire… Je sais bien qu'il en faudra encore beaucoup d'autres avant que tout ne reprenne des allures d'avant.

Je n'ai pas envie de penser à tout ça. Mon regard s'échappe dans la cour, derrière la fenêtre ouverte, même si je sais déjà que les sources de distraction y sont proches du néant. À part trois canards qui se dandinent mollement, rien ne bouge. Même les nuages semblent immobiles. Mes yeux reviennent lentement s'échouer sur les traces de chocolat, au fond de mon bol.

C'est d'évasion dont j'ai besoin. Il faut que je sorte d'ici, maintenant.

J'inspire un grand coup et je prends mon envol. Je m'étire à l'infini, au-dessus du silence de mes parents, des jingles publicitaires et de cette nappe en plastique moche. Je fais voler le toit de la ferme en éclats et je m'échappe sous les yeux médusés de Lascaux, notre chien.

C'est parti.

Campée sur mes jambes de géante, je commence à courir dans la campagne qui se réveille. Je franchis les étangs, les landes et les coteaux doucement arrondis, les champs de maïs et de tabac, les châteaux dressés sur les falaises blondes, les oies grasses qui ne s'aperçoivent ni de ma présence, ni du vernis de la rosée. Je saute par-dessus les forêts de chênes et de châtaigniers comme autant de petits bouquets d'herbe tendre.

Je suis tellement plus légère que lorsque j'étais arrimée à ma chaise de bois, dans la grisaille de la cuisine. Je me sens mieux. Il n'y a plus ni avant ni après. Juste un *maintenant* qui disparaît au moment précis où il renaît, l'air qui caresse mes joues, mes poumons qui s'emplissent et mes pieds qui rebondissent.

Encore un effort, je me grandis à nouveau. Quand Arcachon se profile, ourlé de sable blond, je ne ralentis pas. Je m'élance à travers l'Atlantique, prenant soin de ne pas écraser les voiliers, les yachts et les chalutiers qui griffent la surface de l'eau. Je pousse sur mes jambes, amplifie le mouvement de balancier de mes bras, et engloutis encore quelques milliers de kilomètres en moins de trois pas.

Voilà, cette fois, j'y suis.

J'avance à travers les montagnes du Mexique, au milieu desquelles vivent ceux que je cherche, les Indiens tarahumaras. Je vais rejoindre la tribu de ces « hommes aux pieds légers », capables de courir des journées entières, pieds nus et sourire aux lèvres, pour le plaisir uniquement. Ils me fascinent. À leurs côtés, je ferai soixante ou cent kilomètres, peut-être plus ? Peu importent la distance et le temps. On dit que personne ne peut courir aussi longtemps qu'un Tarahumara. Ni un cheval ni un guépard. C'est pour cela que je viens les rencontrer en pensée. Moi aussi, je cours.

Je cours et j'aime ça, quitte à passer pour une fille étrange qui préfère s'entraîner au stade ou disparaître dans les sous-bois plutôt que d'aller respirer l'air immobile et tiède du centre commercial. Ça m'est égal.

Louison, ma meilleure amie (totalement réfractaire à une quelconque activité physique), a bien sa théorie sur mon addiction à la course à pied. Elle affirme que cette passion contre nature est due à un traumatisme que j'aurais refoulé depuis mon enfance : une oie qui m'aurait pourchassée à travers la basse-cour, enragée par la perspective de voir une partie de son anatomie finir en bocal de confit. Personnellement, j'ai une tout autre explication. Une explication qui, du bout de ses longs doigts crochus, brandit brutalement sous mes yeux l'image d'Ama sur son lit d'hôpital.

Bye-bye les canyons, les sentiers caillouteux sur lesquels je caracole avec les Tarahumaras. Me voilà de nouveau en Dordogne, devant mon bol ébréché, en ce 5 septembre, jour de rentrée des classes. Mes parents sont là sans être avec moi, eux qui n'ont pas dû s'apercevoir que leur fille avait défoncé le toit de la maison pour rallier les contreforts des montagnes de la Sierra Madre, le temps d'une chronique radio.

C'est Ama qui m'a donné le goût de la course à pied.

Ama, c'est ainsi que mon cousin Victor et moi appelions notre grand-mère. Victor, de trois ans mon aîné, avait choisi ce surnom quand il était tout petit : au Pays basque, où il a grandi, une grand-mère est une *amatxi*. Pour ma mère et mon oncle, Ama était Maman. Et pour tous les autres, amis et voyageurs qui faisaient halte à la Maison du Lac, elle était Paloma. Brune, joyeuse et imprévisible.

J'ai passé beaucoup de temps chez elle, à Sarlat, dans la bâtisse de pierres qu'elle avait fini par transformer en chambres d'hôte. J'ai encore en mémoire ces étranges nuits d'été, lorsque la lune était très haute dans le ciel et éclairait nos visages ronds comme un soleil de nuit. Victor et moi devions avoir entre six et neuf ans. Ama nous embarquait dans des courses silencieuses à travers les sous-bois, en chemise de nuit. De temps à autre, on s'arrêtait pour dévorer les baies d'un argousier, ou pour observer des traces d'animaux attribuées à une licorne ou à un basilic, selon que l'on voulait jouer à rêver ou à se faire peur. Et puis on rentrait, les cheveux collés sur les tempes, on s'asseyait sous la glycine et on vidait de grands verres de sirop de violette en étouffant nos rires. Je ne sais pas pourquoi elle agissait ainsi, si c'était spontané ou réfléchi, mais en fin de compte, quelle importance ? Ce que je sais, c'est qu'elle a donné des couleurs à mon enfance. Pour tout dire, je me suis toujours sentie plus proche d'elle que de ma mère. Et c'est elle qui, ensuite, a suggéré à mes parents de m'inscrire dans un club d'athlétisme.

Ama est morte d'un cancer au mois de mai dernier, à cinquante-six ans à peine. Parfois, je décroche mon téléphone et je compose les premiers chiffres de son numéro. Puis mon geste s'immobilise en même temps que la réalité me gifle.

Est-ce que je vais réussir un jour à m'habituer à son absence ?

Alors, pour accélérer le temps, j'essaie de discipliner mes pensées, de faire comme si tout était normal : le stade et les entraînements d'athlé, les fous rires avec Louison, le collège avec les profs, les histoires de cœur ou les rivalités entre bandes, mes parents qui ont trop de travail à la ferme et pas assez de temps pour tout le reste. Ce petit déjeuner aux minutes qui s'étirent silencieusement.

Mais si jamais je réussis un jour à chasser Ama de mon esprit, comment être sûre de ne pas l'oublier ? Comment faire pour la garder avec moi sans avoir mal ?

2.

Il ne doit pas exister de lignes téléphoniques dans l'au-delà, parce que dans le cas contraire, je suis certaine qu'Ama aurait trouvé le moyen de m'appeler. Même quand elle était hôtesse de l'air, elle n'a jamais raté aucune rentrée des classes, quitte à décrocher son téléphone au beau milieu de la nuit, à Los Angeles ou à Hanoï.

Cette année, mon récit aurait été un peu plus croustillant que d'habitude.

Nous étions tous rassemblés dans la cour, à attendre que Mme Lavoisier, la CPE, vienne effectuer son traditionnel discours de bienvenue fleuri des proverbes dont elle émaille chacune de ses interventions, quand Louison m'a brutalement décoché un coup de coude.

— *Oh. My. God*, a-t-elle lâché en détachant bien les mots, avec l'exagération qui accompagne la moindre de ses émotions.

Louison fait du théâtre, et il faut reconnaître qu'elle est plutôt douée.

— *Oh. My. God*, a-t-elle repris sur le même ton dramatique, la main sur la poitrine. Mathilde, t'as vu ça ? J'y crois pas !

J'ai regardé dans la direction que semblaient indiquer les yeux écarquillés de Louison. D'abord, je n'ai rien vu d'autre que Vanessa Martinez, entourée de ses groupies, toutes probablement déjà occupées à leur hobby favori : baver sur l'apparence de quiconque ayant eu la malheureuse idée de traverser leur champ de vision.

J'ai tiré sur mon T-shirt – réflexe sans doute induit par la peur de me sentir examinée également – et j'ai soufflé à Louison :

— Quoi ? Qu'est-ce qu'il y a ?

Et puis, presque en même temps, je l'ai vue, juste derrière Vanessa et son look de rentrée à la désinvolture savamment étudiée.

Pas très grande, cheveux blond cendré et soyeux battant ses épaules minces. Petite poitrine ronde, jambes finement dessinées et fesses sculptées dans un jean tout simple qui semblait pourtant avoir été cousu sur elle par Teddy Smith en personne. Pas de maquillage. Pas d'appareil dentaire. Pas de cheveux filasse ni de bouton clignotant sur le front. Juste une beauté à vous coller un vertige digne des plus hauts sommets mexicains. Quelque chose de l'ordre de l'évidence. Une allure dingue.

C'était le genre de fille qui éclipse tout événement survenant à cent mètres à la ronde (même s'il s'agit d'un nouveau couple qui se forme en direct devant nous ou de l'arrivée d'une troupe de correspondants italiens très expansifs).

— Hé oh ? Mathilde, allô !

Mon cerveau s'est rebranché après quelques secondes de déconnexion béate, grâce à l'intervention de Louison qui gesticulait devant mes yeux.

— Oui, oui, 'suis là, ai-je répondu à mi-voix, sans cesser de regarder la fille.

Je lui trouvais un air de déjà-vu. Je la connaissais, bien que je fusse incapable de me rappeler d'où. Peut-être qu'elle faisait des photos de mode, de la publicité pour du baume après-shampooing, ou qu'elle était la fille de Vanessa Paradis et Johnny Depp.

Comment la fille du pirate des Caraïbes avait-elle bien pu atterrir dans notre petit collège La Boétie du fin fond du Périgord ?

Après tout, on avait probablement eu tort de se moquer de la nouvelle (!) passion du directeur pour les réseaux sociaux (mieux vaut tard que jamais). J'ignore ce qu'il avait pu poster sur les Facebook et Twitter de l'établissement, mais finalement, sa stratégie avait fini par porter ses fruits. Bientôt, les stars et les enfants de ministres allaient se bousculer dans nos couloirs décrépis, et, à la cantine, je me retrouverais à me disputer la dernière assiette de frites avec le fils du président de la République.

La fille est passée près de nous et nous l'avons suivie des yeux sans même essayer de le faire discrètement. Nous devions avoir l'air aussi hypnotisées que deux Anglaises rencontrant Kate Middleton et ses *royal babies*.

Louison a repris, secouant frénétiquement sa main devant elle :

— Naaan, mais comme elle a changé ! C'est abusé !

Elle m'a écrabouillé l'avant-bras :

— Pourquoi ça ne nous arrive pas, à nous, ça, hein ? Regarde-nous ! Pendant les vacances, on a juste grossi des cuisses !

La franchise, c'est une autre caractéristique de Louison. Et pas la première de ses qualités (sauf quand il s'agit de vous faire remarquer que vous avez un vestige de salade coincé entre les dents).

J'ai haussé les épaules :

— Hé oh, parle pour toi ! Moi, je ne déborde pas de mon jean, je te signale !

Et puis j'ai compris, d'un seul coup. Cette fille n'était ni un mannequin ni la fille de Vanessa Paradis. Elle ne faisait pas de photos cheveux au vent ou de publicité pour Le Temps des cerises.

Aussi dingue que cela puisse paraître, c'était Cézanne, la petite boulotte presque transparente qui était dans notre classe deux ans auparavant, en cinquième B.

J'étais scotchée. Sciée. Carrément tronçonnée.

Je veux dire, ce n'est pas comme si on l'avait retrouvée sur une page de magazine, photoshopée par un de ces types capables de transformer une fille lambda en bombe intergalactique. Non, elle était bien là, avec sa beauté limpide et sans artifice, juste devant notre Étienne de La Boétie de granit en haut duquel un couple de pigeons avait élu domicile. J'avais du mal à concevoir que ce soit *cette fille-là* qui sommeillait vraiment à l'intérieur de la Cézanne que certains ne devaient même pas connaître, la discrète Cézanne aussi terne que les murs du collège. Par quel miracle une transformation pareille avait-elle pu se produire, le temps d'un été ?

Cette question fit involontairement surgir un souvenir. C'était un matin de juillet, à la Maison du Lac. À genoux dans les rosiers, Ama et moi étions en train de cueillir des pétales de rose dont on se régalerait ensuite, après les avoir généreusement cristallisés de sucre. Soudain, Ama avait tourné son visage vers moi et, dans l'ombre de son large chapeau de paille, ses yeux brillaient d'une étrange flamme. « Il ne faut pas sous-estimer les pouvoirs de l'été », avait-elle simplement déclaré avant de se remettre à arracher délicatement les pétales, comme si de rien n'était, comme si j'étais censée comprendre. Je n'ai aucune idée de ce qu'elle avait voulu me dire, ni à quoi elle avait précisément rattaché ses pensées, ce jour-là. Ama était comme ça : un peu mystérieuse, un peu folle ; cela faisait partie du charme qu'elle exerçait sur moi. Mais aujourd'hui, deux ans plus tard, Cézanne donnait un sens à ces mots étranges. Les pouvoirs de l'été. En l'espace de deux mois, elle était le papillon sorti de son ingrate chrysalide, le vilain petit canard soudain devenu cygne.

Cézanne. Tout à coup, son prénom prenait une autre dimension : de bizarre il passait à racé, classe, élégant, à « et-pourquoi-moi-je-ne-m'appelle-que-Mathilde-c'est-d'une-banalité-à-mourir ».

Nous n'étions visiblement pas les seules à avoir remarqué la métamorphose estivale de Cézanne, puisque à côté de nous, le phénomène alimentait de nombreux chuchotis.

Une fille a murmuré quelque chose à l'oreille de Vanessa et l'arrogance de cette dernière s'est dégonflée aussi brutalement qu'un soufflé sorti du four, certainement (selon l'analyse de Louison) parce qu'elle venait de réaliser que ce n'était pas son nouveau sac qui motivait toutes ces œillades admiratives. Vanessa s'est retournée pour voir qui osait voler la vedette à son accessoire et quelques secondes plus tard, lorsqu'elle nous a fait face de nouveau, on aurait dit qu'elle venait de se faire piquer la dernière paire de bottines en solde chez Tartempion créations. Louison a pouffé dans sa main, et moi, j'ai ressenti une sympathie entière et immédiate pour Cézanne (sous la dose requise de jalousie ! Je suis peut-être capable de me lever un dimanche à 7 heures pour aller courir, mais pour le reste, je suis une fille normale). Je pressentais que Cézanne allait être à l'origine d'un tsunami au collège La Boétie. À elle seule, elle allait bouleverser tout l'équilibre de notre microcosme à la hiérarchie bien établie.

La sonnerie venait de retentir lorsque Louison s'est écriée, me faisant sursauter :

— Ça y est, j'ai trouvé à qui elle me fait penser !

— À moi ? ai-je tenté en battant des cils.

Louison a éclaté de son rire cascadeur, avant de me donner une tape sur les fesses :

— Toi, tu serais plutôt du genre sprinteuse américaine, ma chérie.

Une pointe de vexation a griffé mon amour-propre. Je n'aime pas quand Louison plaisante avec ma silhouette. Entre la largeur de mes épaules et ma poitrine trop plate, je n'ai pas besoin de son aide pour me trouver affreuse.

— La sprinteuse, au moins, elle est musclée ! ai-je rétorqué en enfonçant un doigt dans sa cuisse tendre. Bon alors, accouche, à qui elle ressemble ?

— Cara Delevingne.

— Cara qui ?

— Cara Delevingne ! Me dis pas que tu ne connais pas ? Math', là ça devient grave, tu passes trop de temps à gambader dans les bois ! Sors de ta grotte, fais quelque chose, ma biche !

3.

Louison a raison : il faut habiter dans une grotte pour ne pas être capable d'associer instantanément un visage à Cara Delevingne. Sur son smartphone, elle a à peine eu à taper les trois premières lettres de son prénom que le moteur de recherche a immédiatement proposé le reste (ce qui ne fonctionne pas du tout avec nous. Ni avec Vanessa Martinez, d'ailleurs, on a essayé).

Et là, vlan ! tout un pan de la Connaissance s'est ouvert à moi : journaux *people*, journaux tout court, Tumblr, Pinterest, blogs de fans qui guettent la moindre nouvelle photo, commentent chaque tenue, se pâment à chaque apparition de leur idole des podiums (et même de sa sœur Poppy et de son chien Spinee, c'est dire).

28 millions de résultats. Presque autant que Barack Obama (24 millions) et Nutella (6 millions) réunis. Ce qui signifie qu'à raison de cinq

minutes par résultat, il est possible de passer les 266 prochaines années à se documenter sur cette fille.

— *Tu fais quoi dans la vie ?*

— *Je mate celle de Cara.*

Franchement, ça fait peur.

Louison et moi avons examiné attentivement quelques clichés. Il est vrai que sur certaines photos, celles où elle n'est pas maquillée pour un défilé, par exemple avec une barre vert fluo entre les deux yeux, Cézanne lui ressemble légèrement. Même port de tête gracieux, même couleur de cheveux, même taille fine « où-est-ce-qu'elle-met-ses-organes ». Mais, à l'inverse de Cara Delevingne, Cézanne a dans les yeux quelque chose de plus doux, de plus aimable. L'air de quelqu'un qui s'excuse un peu d'être là, à vous balancer sa céleste grâce de papillon, à vous, dégueulasse chenille molle et gluante bloquée dans le réduit de son cocon.

En tout cas, je me demande sincèrement comment il est possible que je sois passée à côté d'un tel phénomène médiatique. Je suis arrivée à la conclusion que statistiquement, mes yeux ont forcément déjà dû glisser plusieurs fois sur son visage un peu buté, mais sans que je m'y intéresse suffisamment pour en conserver un souvenir marquant ou chercher à y associer une identité. Il faut dire que je ne me suis jamais vraiment passionnée pour la vie des célébrités – à part celles qui ont des baskets aux pieds. Ces derniers mois encore moins que d'habitude.

Au stade, j'ai interrogé les filles, histoire de me positionner plus précisément sur l'échelle de l'ignorance. Le verdict est tombé : j'étais vraiment dans le peloton de fin, un peu comme pour le dernier meeting de printemps (j'ai trébuché sur une haie et me suis lamentablement étalée sur la piste en entraînant deux de mes adversaires). Contrairement à moi, mes coéquipières n'ont pas eu besoin de voir une photo ; la simple évocation du prénom a suffi.

— Cara Delevingne ? Évidemment ! C'est un peu Kate Moss, mais en jeune ! a répondu Imane en débouchant sa bouteille d'eau vitaminée.

— C'est la fille qu'on voit partout dans les magazines ! s'est exclamée Juliette. La petite maigrichonne aux gros sourcils !

— Tu… rigoles…, a haleté Kentia, qui avait fini ses cinq tours d'échauffement par un sprint. Ils sont… sublimes, justement… ses sourcils… et d'ailleurs elle a… tourné dans un film, *Anna… Karénine*.

Je m'apprêtais à demander si Anna Karénine avait de gros sourcils lorsque Seb, notre entraîneur, est arrivé vers nous. Poings sur les hanches, sifflet autour du cou, il a beuglé :

— Bon, les filles, vous allez enfiler vos pointes, là, au lieu de faire salon ? Les vacances sont terminées, on a un meeting début décembre, je vous rappelle !

Avec la folle ardeur qui nous caractérise, nous nous sommes mollement dirigées vers les gradins pour nous exécuter.

J'ai commencé à mettre mes chaussures à pointes avec une grâce qu'un bélier ne m'aurait pas enviée (chez moi, l'été a été plus taquin : il a concentré ses pouvoirs sur la grandeur de mes pieds, plutôt que sur celle de ma beauté). J'ai demandé :

— Mais qu'est-ce qu'elle a de si spécial, cette fille ? J'ai vu de ces blogs… Je suis sûre qu'il y a des folles qui fouillent ses poubelles pour savoir ce qu'elle mange.

— Ou ce qu'elle ne mange pas, a corrigé Kentia, le doigt levé.

Imane a haussé les épaules, vaguement condescendante, comme pour montrer qu'elle n'était en rien concernée par cet engouement de masse. Juliette a mis les mains sur les hanches et a hoché la tête, admirative :

— Être une *it-girl*, ça ne s'explique pas. C'est comme ça. Elle a un truc en plus. Du chien.

Kentia s'est mise à aboyer, et nous, à glousser comme des idiotes. Elle a ajouté :

— Vous saviez que c'est elle qui a lancé la mode du *thigh gap* ?

— Le quoi ? ai-je demandé en terminant de nouer mes lacets.

Encore quelque chose dont je n'avais jamais entendu parler. Si je commençais à me sentir comme une extraterrestre au milieu de mes coéquipières, la situation était peut-être plus grave que je ne l'imaginais. Il faudrait probablement que je me résigne à demander à Louison une séance de *people* rééducation.

— Le *thigh gap*, l'écart entre tes cuisses ! a soupiré Imane, comme si c'était l'évidence même. Regarde.

Elle s'est postée devant moi et a collé ses pieds l'un contre l'autre :

— Si tu vois passer la lumière, comme moi, t'es une bombasse. Par contre, si tes cuisses se touchent… t'as plus qu'à mettre des jupes longues pour le restant de ta *life*.

Elle a commenté, ajoutant une bonne dose de mépris dans sa voix :

— Il y a vraiment des filles à qui l'on pourrait faire faire n'importe quoi.

N'importe quoi ou pas, Juliette a tout de même voulu imiter Imane et, constatant que ses cuisses étaient marquées par le sceau de l'infamie, elle a haussé les épaules, vexée :

— En tout cas, au cent mètres, je ne lui donne pas deux secondes avant d'écrouler ses genoux cagneux sur la piste, à la Cara.

Ensuite, je ne me rappelle plus ce que l'on a dit parce que Jim est sorti des vestiaires, et quand Jim apparaît, tout le reste disparaît. Plus de starting-blocks, plus de coups de sifflet exaspérés de Seb, plus de sueur qui roule dans le dos, plus de douleur dans les mollets, plus de lumière ou de perfides cellules surnuméraires entre les cuisses.

Plus que Jim et mon cœur qui vacille.

4.

Cézanne est dans notre classe, troisième A option latin-mortel ennui (heureusement que Louison, toujours prête à faire son show, est là pour ébouriffer un peu la récitation des déclinaisons).

En cours, Cézanne s'assied souvent devant, et si je me place stratégiquement, je peux bénéficier de cinquante-cinq minutes d'une vue discrète et imprenable sur son profil droit (ou gauche, selon les cas).

Elle m'intrigue, bien que je ne sache pas vraiment pourquoi. Peut-être parce que c'est la première fois que j'assiste à une métamorphose pareille. Peut-être aussi parce que son statut de Cara Delevingne du collège lui confère une aura particulière, déclenchant automatiquement, chez celui qui s'y trouve exposé, cet étrange mélange d'émotions, entre douleur, déférence et admiration.

Je l'observe depuis quinze jours déjà, mais j'ai du mal à cerner sa personnalité.

Ce qui est certain, c'est que Cézanne est très indépendante (Vanessa dit « autiste », mais c'est juste parce qu'elle est jalouse et méchante).

Plusieurs filles ont déjà tenté de l'intégrer dans leur bande, sans succès. On dirait que ça ne l'intéresse pas. Non pas qu'elle soit arrogante ou hautaine, simplement elle semble se ficher totalement d'appartenir à un groupe. Même Vanessa, donc, s'y est cassé les dents. Au self, elle a invité Cézanne à sa table officielle, et quand cette dernière est allée s'asseoir à un autre endroit, après avoir poliment décliné la proposition devant l'assistance médusée, on a bien cru que Vanessa allait s'étouffer avec ses carottes râpées.

J'imagine que Cézanne n'a pas oublié tous les projectiles verbaux qui lui ont été lancés par le passé. Quoi qu'il en soit, sa réaction m'a beaucoup plu, quand on pense à ce que certaines seraient prêtes à faire pour être adoubées en tant que groupies de Vanessa Martinez, Saint-Graal du collège La Boétie. L'année dernière, Caroline Simonet a porté ses affaires de cours pendant un trimestre entier avant de se faire finalement éjecter sous prétexte qu'elle n'aurait jamais assez de swagg pour avoir le droit de se montrer à ses côtés.

En tout cas, depuis le coup des carottes râpées, Cézanne a atteint l'acmé de la popularité tandis que Vanessa s'est fait rétrograder à la place d'outsider énervée. D'ailleurs, signe des temps, beaucoup de filles tentent désormais de copier le style de Cézanne, ce qui s'avère finalement très compliqué puisque ce n'est pas du tout au niveau des vêtements, toujours très simples (jean/sweat court/Converse), que l'affaire se joue. Comme dit Louison en parodiant la CPE : « L'habit ne fait ni le moine ni la bombasse, mademoiselle. Ce n'est pas en vous maquillant comme une voiture volée que vous allez ressembler à Beyoncé. »

Je me demande comment est la vie de Cézanne. A-t-elle des frères et sœurs ? Comment sont ses parents ? Dans quel genre de maison habite-t-elle ? J'imagine sa chambre sublime et chic, mais sans tapage, à son image. Avec des meubles scandinaves chers et design, des plaids en fourrure et des mooks sur le tapis, comme dans les livres de déco que collectionne la mère de Louison. Au-dessus de son bureau, elle a peut-être disposé quelques portraits en noir et blanc. Lorde,

Frida Kahlo et Aung San Suu Kyi (je décide qu'il est impossible qu'elle se passionne pour la vie de Nabilla ou de Lady Gaga). Et que fait-elle en dehors du collège ? L'imaginer suer sur un stade d'athlétisme, dans une tenue de course en tissu technique super respirant, me paraît totalement saugrenu. Elle doit faire de la danse. Peut-être même de la danse hawaïenne. Oui, je la vois très bien dans une salle parquetée, irradiant le miroir de sa grâce spontanée.

En définitive, je pense que sa vie est à des années-lumière de la mienne. Ses parents ne doivent pas s'abîmer la santé à travailler nuit et jour pour fabriquer des foies gras et des confits de canard.

Elle doit avoir son vrai Jim à elle, pas une chimère qu'elle n'ose aborder que dans ses rêves. Et pour finir, la personne qu'elle aimait le plus au monde n'a pas dû mourir d'un cancer.

À force d'observer Cézanne, j'ai listé des tas de menus détails que je n'avais pas remarqués lorsque j'étais avec elle en cinquième.

Elle adore les maths, je le vois à sa manière de regarder la prof et de se plonger dans les exercices comme si c'était le dernier *Twilight*.

Lorsqu'elle est interrogée, ses joues rosissent imperceptiblement.

L'extrémité de ses ongles est d'une blancheur immaculée (Louison est persuadée qu'elle se paie une *french* manucure. Moi, je pense que c'est naturel : lorsqu'un tel degré de perfection vous a été accordé, il n'y a pas de raison que les ongles aient été laissés de côté).

Elle traverse la cour avec confiance, comme si elle était certaine qu'aucun des minus de sixième n'entrera jamais en collision avec elle, ce qui, à Louison et moi, nous est déjà arrivé au moins une demi-douzaine de fois – un coup, j'ai même saigné du nez.

Quand elle parle avec d'autres filles, on dirait qu'elle est là sans être là, qu'elle n'écoute pas.

Et bien sûr, elle a un *thigh gap* d'enfer. Cinq centimètres, facile, sans pour autant que ses cuisses ressemblent à deux misérables pattes de héron sur un lac en plein hiver. Imane a beau trouver qu'il s'agit d'une mode débile, il n'en reste pas moins que cela donne de jolies jambes et une démarche fluide. En tout cas chez Cézanne.

Non, vraiment, cette fille a un corps parfait, qu'il est préférable de ne pas comparer avec celui que la nature a cru bon de vous attribuer, sous peine de vous plonger dans des abysses d'incompréhension. Pourquoi les grâces et les disgrâces sont-elles si mal réparties ? Pourquoi certaines personnes semblent-elles collectionner les dons, et d'autres, rien ? Peut-être que les qualités et les défauts sont distribués en fonction de ce que chaque personne est capable d'endurer, et qu'il faut voir les handicaps comme des défis à relever. Mais quand bien même, qui décide ? Et comment ?

Sans doute personne, tout simplement. Peut-être qu'il n'y a aucune raison à tout cela.

Je soupire. Et moi, pourquoi est-ce que je me pose toujours autant de questions ?

Je voudrais seulement être à la place de cette fille. Rien qu'une journée, pour savoir ce que cela fait de voleter tranquillement au-dessus de la masse grouillante des insectes rampants.

Alors, ce soir, en m'étonnant de tout l'intérêt que je porte maintenant à Cézanne alors qu'en deux ans, mes yeux ont toujours glissé sur elle comme l'eau sur les plumes des canards, le coup de main que je donne à ma mère prend des allures pseudo-philosophiques. D'autres questions reviennent, je ne les chasse pas, elles sont de toute façon plus obstinées que moi. Tandis que j'époussette les rayonnages de la petite pièce qui nous sert de boutique, je les laisse danser autour de moi.

Est-ce que la personnalité de quelqu'un change avec son apparence, ou seulement le regard que les autres lui portent ? À l'intérieur, le papillon se considère-t-il toujours comme une chenille ?

Quelle Mathilde serais-je si j'étais papillon ? Aurais-je plus confiance en moi ?

Oserais-je faire des choses que je ne m'autorise pas aujourd'hui ? Ou les ferais-je justement parce qu'on me donnerait enfin la possibilité de les faire ?

Inviter Jim au cinéma.

Dire à Vanessa ses quatre vérités (et lui faire remarquer qu'elle a un bouton sur le front). Parler à ma mère, qui étiquette mécaniquement des bocaux de graisse d'oie, et lui dire l'angoisse qui grignote mes nuits, depuis quelques mois. Éclaircir la pudeur qui nous tient à l'écart l'une de l'autre. Lui expliquer que j'aimerais qu'elle se débarrasse de son armure, au moins une fois. Que l'on parle d'Ama, que l'on regarde un vieux film d'amour en noir et blanc, que l'on aille courir ensemble, au petit matin. Qu'elle me déverse de fougueux torrents d'amour, qu'elle me pique des marguerites dans les cheveux, comme le faisait Ama.

Et puis lui montrer ce que j'ai dans le cœur.

Lui dire que tout au fond de moi, j'ai peur, parce que trop de choses ne se maîtrisent pas.

Lui dire que j'ai peur que le cancer sommeille déjà là, quelque part à l'intérieur de nos seins. Et qu'il vienne aussi nous chercher, comme il a emmené Ama.

5.

Panique totale.

Avis de vent fort au-dessus de la tête de Mathilde.

Dans exactement bien trop peu de temps, la sœur de Louison se marie, et je suis invitée à la cérémonie. Les heureuses mariées s'appellent Prune et Clothilde, et l'événement était tout à fait réjouissant jusqu'à ce que je me retrouve à aider Louison à écrire le nom des invités sur des petits cartons.

J'avais donc attrapé mon 226e carton (oui, c'est un sacré mariage, mais il faut dire que Mariée 2, Clothilde, est la fille du maire) et je m'apprêtais à recopier mon 226e patronyme lorsque, soudain, celui-ci et les quatre autres qui l'accompagnaient sur la liste se sont déformés à mesure que je les découvrais. Bientôt, les petites lettres griffonnées par Prune se sont transformées en branches immenses et griffues, prêtes à m'écorcher toute vive.

— Ben, qu'est-ce qu'il y a ?

Louison s'est arrêtée en plein pliage de menu. Elle a arqué un sourcil :

— On dirait que la coiffeuse vient de t'expliquer qu'elle a confondu le shampooing cheveux gras avec la teinture rose fuchsia.

Je lui ai mis la liste sous le nez, j'ai pointé les noms et demandé :

— Pourrais-tu me dire qui sont ces cinq personnes dont le nom m'évoque vaguement quelque chose ?

(Ce qui, par souci de concision, est sorti de ma bouche en « Putaincékissa ? ».)

Louison a haussé les épaules :

— On dirait que ça ressemble à une famille. Les Charpentreau, c'est écrit. Jacques, Abril, Be... Bethany, Cheyenne et Jim.

Ses yeux se sont agrandis sur le « im ».

— Oh, punaise ! a-t-elle lâché. Tu crois que... c'est Jim, *ton* Jim ?

— À moins qu'il y ait une autre famille franco-américaine avec les mêmes prénoms dans cette ville, oui.

Louison a secoué sa main devant elle et a soufflé :

— Oh là là ! Va falloir assurer grave, là !

— Mais tu te rends pas compte !

Ma voix est sortie tout aiguë, comme celle de ma mère lorsque Lascaux décide de témoigner son affection à une cliente qui ne partage pas du tout les mêmes sentiments.

Louison s'est laissée aller contre le dossier de sa chaise :

— Hé, arrête de me regarder comme si j'étais une tueuse de bébés phoques ! De quoi tu te plains ? Plein de couples se forment pendant les mariages. C'est statistique. Tu devrais même me remercier, en fait. Grâce à ce mariage, je t'arrange le coup. Pour une fois, ton Jim aura l'occasion de te voir dans autre chose que tes immondes shorts de sport qui brillent.

— C'est le 15 décembre !

Elle a levé les yeux au ciel :

— Crois-moi, je suis bien placée pour connaître la date ! Ben oui, va falloir patienter, ma vieille ! Dis-toi que ce sera comme attendre ton cadeau de Noël. Ton Ken !

Cette andouille a fait mine d'embrasser passionnément sa main, ce qui m'aurait fait rire si la panique n'avait pas fait se bousculer les mots hors de ma bouche :

— Mais non, tu ne comprends pas ! Décembre, c'est, c'est... trop tôt ! Faut que je me trouve une robe, que je me fasse détartrer les dents, que je fasse une cure de zinc, que je me fasse pousser la poitrine...

Louison s'est levée et, par-dessus la table colorée de petits cartons parme, m'a posé la main sur l'épaule :

— Hé oh ! Panique pas, Mathilde Fournier. Il paraît que Dieu a fait le monde en sept jours, alors en deux mois et demi, on devrait bien réussir à te rendre sortable.

J'ai hésité entre le rire et les larmes.

Elle a renchéri :

— Tu sais quoi ? On les finira plus tard, les cartons. Viens, on va faire un tour en ville. On va te chercher ta robe de bal et quand il te verra, ton Jim n'aura pas d'autre choix que de tomber raide à tes pieds de princesse du stade.

Nous avons passé le reste de l'après-midi au centre commercial et pulvérisé la patience des vendeuses de douze boutiques (j'ai récolté un bon échantillon de commentaires excédés et/ou hypocrites, depuis « Elle vous va à ravir », en passant par « Le noir, ça affine », et même, photo à l'appui, un « Regardez, c'est une imitation de celle que porte Cara Delevingne »).

C'est vrai qu'elle était sublime, cette robe-là. D'un bleu de Prusse qui devenait de plus en plus soutenu à mesure que le tissu s'évasait vers le bas. Quand je l'ai vue, j'ai tout de suite su que ce serait celle-là et aucune autre. Peut-être parce qu'elle m'a immédiatement rappelé la longue jupe vaporeuse qu'Ama aimait mettre les soirs d'été. Plus petite, je pensais qu'elle l'avait taillée dans un morceau de ciel. Hôtesse de l'air. Rien que l'expression me faisait rêver.

Soudain, j'ai ressenti la furieuse envie d'être quelqu'un d'autre que moi. Être belle, comme Cézanne. Avoir de la personnalité, comme Ama. Après tout, pourquoi n'y aurais-je pas droit ? Cette injustice me faisait affreusement mal.

Je me suis glissée dans cet espoir et dans le tissu soyeux en fermant les yeux.

La fermeture Éclair est restée bloquée au milieu de mon dos, en dépit des grognements de Louison pour la faire glisser jusqu'en haut.

— Attends, c'est pas une fermeture à la con qui va nous empêcher d'acheter cette saloper… cette merveille !

Elle a émis une sorte de râle sur le « merveille », tandis qu'elle donnait un dernier grand coup pour faire avancer le petit morceau de métal.

Enfin, elle a hurlé, triomphante :

— *Yeeeessss !*

J'ai ouvert les yeux et pris le coup de poing de mon reflet en pleine figure.

Derrière moi, les mains posées sur mes épaules, Louison souriait à s'en fendre la mâchoire, les joues rougies à cause des efforts déployés pour faire rentrer mon large dos dans le fourreau de soie. Mon image ne pouvait pas être plus éloignée de ce que j'avais espéré.

Je me suis sentie affreusement boudinée, saucissonnée dans cette robe merveilleuse que je parvenais pourtant à rendre ridicule. Comment avais-je pu une seconde imaginer que je pouvais approcher la beauté naturelle de Cézanne, l'éclat singulier d'Ama ? À nos pieds, nos sacs, nos vestes et nos foulards gisaient comme les victimes d'une bataille. La scène était grotesque à pleurer.

Avec un sens du timing remarquable, la voix onctueuse de la vendeuse a traversé le rideau de velours ras :

— Aloooors, qu'est-ce que ça donne ?

Les larmes ont commencé à couler sur mes joues. Louison a balancé une réponse à l'attention de la vendeuse et m'a serrée dans ses bras en chuchotant :

— Oh, Mathilde, arrête… c'est pas grave, on va t'en trouver une autre.

6

Lorsque je me suis réveillée, ce matin, j'allais un peu mieux. La nuit avait chassé le désespoir qui m'avait abrutie après la débâcle de la séance d'essayage.

Il était encore tôt : dehors, une légère brume engloutissait des morceaux du hameau, çà et là un toit, un poteau télégraphique ou la cime d'un arbre, comme les parties d'un dessin effacé par endroits. Je me suis habillée et suis descendue dans la cuisine, où l'odeur du café témoignait du passage récent de mes parents. Quelque part dans la maison, une porte s'est ouverte, puis refermée : à la provenance du son, je jugeai qu'ils devaient être dans le bureau ou dans la réserve, occupés à écrire à des fournisseurs ou à faire l'inventaire des stocks. J'ai pris un petit déjeuner rapide, debout face à la fenêtre. J'ai avalé un reste durci de gâteau aux noix en observant les canards qui se tenaient immobiles sur l'herbe humide, encore un peu engourdis par la nuit.

J'ai enfilé mes baskets et je suis sortie dans la cour. Le mois de septembre touchait à sa fin, les températures n'avaient plus rien d'estival. À la météo, ils avaient dit que l'hiver s'annonçait exceptionnellement froid. Lascaux est venu se frotter contre moi. Je me suis accroupie, ai pris sa gueule dans mes mains et lui ai murmuré :

— Tu viens avec moi ? Une petite course à travers les collines, comme chez les Tarahumaras ?

Je suis partie, l'âme voyageuse, remplaçant les chênes et les collines par des cactus et des broussailles, humant l'odeur chaude et sèche, légèrement épicée, de la terre que j'imaginais fouler.

Je suis rentrée vers 10 heures, les mollets criblés de taches brunes et le cœur léger. Courir a toujours eu cet effet-là : me mettre de bonne humeur.

Mon père était en train de nettoyer la cour, sous le haut patronage du chat.

J'ai demandé, de l'enthousiasme dans la voix :

— Tu as besoin d'aide, papa ?

— Merci, Mathilde, je crois que je vais m'en sortir. Va plutôt faire tes devoirs.

— OK, à tout à l'heure !

J'ai travaillé mes maths jusqu'à l'heure du déjeuner, qui s'est révélé encore plus expéditif qu'à l'accoutumée : une commande de 45 kilos de confits et autres magrets au foie gras venait de tomber sur l'ordinateur familial, en provenance d'un restaurateur parisien qui souhaitait qu'on les lui envoie dès lundi matin.

C'est donc face aux deux chaises vides de mes parents que j'ai terminé ma seconde part de tarte. Puis, tandis que je débarrassais la table, mon moral est retombé mollement. Comme ça, sans crier gare.

Je ne sais pas si c'était un dommage collatéral de la séance d'essayage, ou à cause des équations, du ciel qui s'était rembruni ou d'un dimanche sans Ama. Sûrement un peu tout cela à la fois. Avant, j'allais souvent chez elle le week-end. J'aimais l'écouter me raconter ses aventures de voyages, chanter à tue-tête avec elle dans les bois, jouer à incarner un personnage pour la journée entière – la reine d'Angleterre, un catcheur avant un championnat, un troubadour du Moyen Âge égaré dans nos campagnes – ou fleurir la Maison du Lac de glorieux bouquets d'hortensias.

Avec une désagréable sensation de pesanteur dans tout mon corps, j'ai glissé les couverts dans le vieux lave-vaisselle, rangé les restes dans le réfrigérateur et passé un coup de balai sur les tomettes cirées.

Je suis remontée dans ma chambre, qui m'a paru encore plus sombre que d'habitude. J'ai allumé toutes les lumières et commencé à échanger quelques SMS avec Louison. Elle était coincée en plein marathon gastronomique chez ses grands-parents. Je me suis prise à l'imaginer, au milieu d'une joyeuse tablée retentissante de rires et d'éclats de voix, de bruits de fourchettes et de tintements de verres remplis de vin ou de soda. Au bout d'un moment, elle n'a plus répondu, et j'en ai conclu qu'elle avait dû se faire repérer par son grand-père, qui n'est pas vraiment du genre commode, surtout quand les téléphones portables s'immiscent au milieu du banquet dominical.

Je me suis allongée sur mon lit, le regard perdu dans les poutres du plafond. Comme le spectacle ne devait pas être suffisamment divertissant pour contenter mon esprit, des images n'ont pas tardé à s'incruster devant moi. Cara Delevingne, Cézanne, Vanessa et Jim, tous pliés de rire en m'observant sortir de la cabine et me dandiner comme une oie grasse. Je me suis sentie humiliée à nouveau.

La chaleur m'est montée aux joues et j'ai voulu chasser ces images qui tournoyaient comme des vilaines mouches autour des yeux humides des chevaux. J'ai attrapé ma tablette et ouvert ma messagerie. J'ai répondu à Juliette, qui affirmait avoir une combine pour m'obtenir une réduction sur un bon modèle de pointes, à mon cousin Victor, qui m'envoyait le résumé de ses dernières aventures sentimentales, puis j'ai repris le mail de Louison que j'avais laissé de côté quelques jours plus tôt. Sous l'objet « question de vie ou de mort », elle m'avait dressé une liste exhaustive des blogs tendance qu'il me fallait absolument visiter.

J'ai cliqué sur le premier lien. Moi qui souhaitais me vider l'esprit, j'ai été exaucée : les images, les reportages des journalistes, tout semblait avoir été conçu pour que j'évite de descendre plus loin dans mes pensées. Je me suis laissé prendre. J'ai regardé des photos de *it-girls* jusqu'à me faire une fracture de la rétine. Cara à la plage, en sortie de boîte, devant un Starbucks, à la Fashion Week. Kate Moss, Alexa Chung, Miley Cyrus, Daria Werbowy, Kendall Jenner, Georgia May Jagger, exhibant toutes une peau parfaite et un *thigh gap* abyssal.

Quand j'ai reposé ma tablette, une bonne partie de l'après-midi s'était écoulée. J'avais mal aux yeux, la langue pâteuse et des fourmis dans les avant-bras.

En m'étirant, j'ai croisé mon reflet dans le miroir de la porte de ma chambre.

Je sais bien qu'il est inutile de se comparer à des mannequins. Mais après plusieurs heures passées à observer des corps parfaits, le contraste a dû être trop violent pour mes yeux et la clémence de mon jugement. Je me suis fait l'effet d'une fille sans style, sans grâce, suffisamment bizarre pour préférer, à toute autre chose, courir autour d'un stade ou à travers les bois. Une fille en sweat et leggings, assise en travers d'un lit dans une ferme sombre, l'estomac encore lourd d'une tarte aux prunes – ou peut-être aux poires ? – avalée sans même y prêter attention.

Les larmes me sont montées aux yeux.

Je me suis levée comme un automate, sans cesser de me fixer dans le miroir. J'ai ôté mes vêtements et détaillé, froidement, presque avec mépris, la fille qui me faisait face.

Comment un garçon tel que Jim se laisserait séduire par si peu de charme, de personnalité ?

Je me suis tellement inspectée que je suis étonnée que le miroir n'ait pas demandé grâce en explosant à mes pieds.

Louison a tort. Aucune robe ne réussira jamais à donner l'illusion que je suis devenue papillon.

Tout simplement parce que je ne suis pas un papillon. Je suis une chenille flanquée de deux énormes cuisses.

7.

Au dîner, ma mère avait préparé des pommes de terre sarladaises.

J'ai dressé la table en silence, tandis que mon père allumait la radio sur la station locale. Il m'a interrogée :

— Alors, comment ça se présente, ce DS de maths ?

Mes études est son sujet de conversation préféré.

— Bof. Je sais pas. On verra.

Ma mère a jeté un œil furtif vers moi. Son regard était sans équivoque : elle avait compris que quelque chose n'allait pas. L'espace d'une microseconde, une ombre d'hésitation a parcouru son visage. Mais elle a posé la lourde poêle au milieu de la table. L'évitement a souvent fait partie de ses stratégies de prédilection. Comme si, en taisant les émotions ou les sujets problématiques, on niait leur existence. Elle a annoncé :

— C'est prêt. Je vous sers ?

Le repas s'est ouvert sur la commande du restaurateur. Est-ce que le transporteur avait bien confirmé qu'il passerait avant 8 heures ? Est-ce que la provenance du foie gras figurerait sur la carte du restaurant ? On avait bien fait de glisser dans les cartons des dizaines de flyers, « le bouche à oreille, il n'y a que ça de vrai ».

J'ai soupiré en moi-même. Même avant la mort d'Ama, mes parents n'abordaient pas les sujets liés à l'intime, aux sentiments. Son départ n'y a rien changé. Le lendemain de l'enterrement, ils recommençaient déjà à gaver les oies et les canards, comme si tout était normal. Tous les trois, on n'a pas reparlé d'Ama. De notre colère, de notre peine, de nos questions. Et j'en ai plein, des interrogations. Pourquoi les traitements n'ont-ils pas fonctionné ? Que va-t-on faire de la Maison du Lac ? Des meubles qui sont à l'intérieur ? Des bibelots, des souvenirs de voyage, des albums photos ? Et des vêtements ? Je n'arrive pas à imaginer qu'on puisse les donner à une association. Mais je n'arrive pas plus à concevoir qu'on les jette dans une poubelle ou qu'on les garde à la maison, dans un carton.

Moi, je sais que je peux parler avec Louison. Mais eux, comment font-ils ? Est-ce qu'ils en discutent ensemble, quand je ne suis pas là ? Est-ce pour m'épargner qu'ils ne me parlent pas de ces choses-là ?

Je me suis souvent demandé comment il était possible que ma mère, surtout, soit si différente d'Ama. Était-ce la vie à la ferme, ou le caractère naturellement taciturne de mon père qui l'avaient renfermée sur elle-même ? Le fait qu'elle se soit mariée à dix-huit ans, sans vraiment avoir eu le temps de profiter de sa jeunesse ? Ou peut-être fallait-il remonter plus loin, à son enfance. Victor affirme qu'Ama n'était pas une bonne mère. Elle aimait son travail, les sorties, les restaurants, les voyages, les soirées improvisées jusqu'au petit matin. Comme elle était souvent absente, ma mère et mon oncle étaient ballottés tantôt chez mon arrière-grand-mère, des amies ou des tantes. Ils n'ont pas connu leurs pères. Victor prétend qu'il s'agissait d'hommes de passage. Pour mon oncle, un commandant de bord, marié, qui n'a jamais voulu quitter sa femme. Pour ma mère, il ne sait pas. Et moi, j'ignore si j'ai envie d'aborder le sujet avec elle. Et puis, qu'est-ce qui peut me garantir que Victor dit vrai ? Qu'est-ce qu'il en sait, après tout ? Il n'était pas là, à l'époque.

Peut-être est-ce tout cela, qui a façonné la carapace de ma mère.

Je suis allée chercher du pain et l'ai posé sur la table.

Tandis que je me rasseyais, ma mère m'a questionnée :

— Au fait, cette sortie au centre commercial, hier ? J'ai oublié de te demander. As-tu trouvé une jolie robe pour le mariage ?

Au centre de mon assiette, le souvenir de mon image dans la robe s'est mêlé à la graisse de canard. J'ai secoué la tête. Un dégoût brutal et profond m'a saisie, tirant sur mes jambes pour m'aspirer et m'ensevelir. J'ai réprimé un haut-le-cœur.

J'ai demandé à sortir de table et je suis montée dans ma chambre, quatre à quatre.

J'ai ouvert la fenêtre en grand et inspiré l'air du soir.

Je ne pouvais pas ramener Ama, faire disparaître la ferme et les canards, changer la façon d'être de mes parents. Ni obliger Jim à tomber amoureux de moi.

Mais il y a une chose sur laquelle je pouvais agir : mon apparence. J'allais acheter la robe du centre commercial et je serais jolie dedans.

Je me suis postée devant le miroir pour dire au revoir à cette fille qui me faisait face et que je n'aimais pas.

Pour commencer, j'allais perdre un peu de poids.

8.

L'avantage de faire un régime, c'est que l'on ne se sent pas seul à vouloir relever le défi. En tout cas, beaucoup moins que s'il s'agissait de partir vivre avec les Tarahumaras, ou de ne plus se laver les cheveux jusqu'à nouvel ordre (l'hiver dernier, Louison m'a embarquée avec elle dans l'expérience du *no-poo*, dernière lubie dégottée sur un blog beauté. Au bout de trois jours, on avait l'impression d'avoir trempé nos cheveux dans une friteuse et, lorsque enfin, n'y tenant plus, on est parties faire une descente au supermarché, on est tombées nez à nez avec Jim, notre panier rempli de shampooing pour cheveux gras et de serviettes hygiéniques).

À l'inverse, faire un régime donne le sentiment de rejoindre une grande communauté. Finalement, suivre un comportement grégaire n'est pas si désagréable, contrairement à ce que j'imaginais. Parfois, il est rassurant de ne pas être seule sur le sentier.

Hier, en cherchant sur Internet, j'ai trouvé de quoi dresser une liste impressionnante de méthodes de régime. Quatre-vingt-six. Je ne les ai pas toutes détaillées parce qu'un devoir de géographie et le nourrissage des canetons se disputaient mon attention, mais j'ai eu le temps d'en examiner certaines, qui m'ont laissée un peu dubitative. Le régime *forking*, qui autorise TOUT ce qui se mange à la fourchette (personne ne leur a fait remarquer qu'il était tout à fait possible de manger de la crème chantilly à la fourchette ?). Le régime papaye (pas facile à mettre en œuvre pour ceux qui habitent dans un hameau de trente-quatre habitants). Le paléolithique (il faut aimer la viande), le cookies (il faut être naïve), le régime vinaigre de cidre (au secours) et même la méthode loup-garou (est-ce que ce que l'on perd en poids se gagne en poils ?).

J'ai préféré la compagnie des canetons. Mon expérience en amaigrissement a beau être nullissime, aucune de ces méthodes n'a retenu mon attention. Et puis je me vois mal annoncer à mes parents que dorénavant, je ne mangerai plus que du raisin blanc ou de l'ananas Victoria (à dix euros pièce).

Ce régime, je vais le faire à ma manière. Ce sera la méthode Papillon, 100 % adaptée à mon cas.

Ce matin, en arrivant au collège, j'en ai parlé à Louison. C'est d'ailleurs la première chose que je lui ai dite, tellement j'étais exaltée et fière de ma nouvelle résolution.

— Louison, ai-je annoncé avec toute la solennité requise. J'ai un truc important à te dire.

En ce 1er octobre, nous étions dans la cour, il était exactement 7 h 50 et Louison mangeait un pain au chocolat doré comme les blés, qui, la veille encore, m'aurait fait abondamment saliver. Désormais, je savais que sous l'appétissant vernis des viennoiseries se cachait le mal absolu, sous la forme d'une quantité invraisemblable de calories. Je n'ai pas ressenti la moindre envie de croquer dedans. Comme quoi, tout est une question de point de vue.

— Qu'est-ce qu'il y a ? a-t-elle répondu la bouche pleine. Tu veux m'épouser ? T'as déniché un soutif à ta taille ? Quelqu'un a balancé sur Facebook une vidéo de Vanessa qui se cure les narines ?

— Pfff, t'es con. Allez, sérieusement !

— OK, je t'écoute. Qu'est-ce que tu as de si important à me dire ?

— J'ai commencé un régime.

Louison a continué à mastiquer son pain au chocolat, ce qui m'a un peu déçue. Je m'étais attendue à des « Oh, super ! », « Génial ! », enfin, à une réaction un peu plus enthousiaste. À la place de quoi elle s'est contentée de mâchonner, vaguement concernée :

— Ah bon ?

— Ouais, ai-je fièrement répondu. Au petit déj', deux tartines seulement. Et sans beurre. Et j'ai bu trois litres de thé presque pas sucré. D'ailleurs il faut que j'aille aux toilettes, on y va ?

Nous avons attrapé nos sacs et traversé la cour bondée, expérience périlleuse qui, les trois quarts du temps, s'apparente à ce que j'imagine être une randonnée dans la jungle équatoriale.

Tandis que l'on commençait à monter les escaliers, Louison a commenté :

— Moi, je te trouve très bien comme ça. T'es plutôt sexy, comme fille. Sportive et féminine à la fois. T'as pas vu comment Renan te reluque les fesses ? Je suis sûre que tu es sa petite Rihanna de Dordogne.

J'ai soupiré. Renan reluquerait le derrière d'une vache.

— *Bullshit !* Arrête de dire des conneries. Regarde-moi bien. Dans deux mois, tu auras devant toi la nouvelle Mathilde. Fine, *hot* et stylée. Avec la taille souple et un *thigh gap* de cinq centimètres. Comme Cézanne.

Nous sommes arrivées dans le couloir et Louison a enfourné une autre bouchée de pain au chocolat. J'ai débarrassé le devant de sa veste d'une miette qui s'y était échouée. Elle a repris, l'haleine sucrée :

— C'est pour Jim que tu veux maigrir ? Pour pouvoir acheter la robe bleue que l'on a vue au centre commercial et la porter au mariage de ma sœur ?

À ce moment-là, nous avons croisé Cézanne qui sortait des toilettes des filles. Elle portait une petite veste courte et cintrée, qui tombait parfaitement sur ses épaules minces (sur moi, elle aurait fait camisole de force), ainsi qu'un sublime jean brut extrêmement bien coupé. Je crois que ma respiration s'est suspendue, le temps qu'elle finisse de s'envoler. J'ai dégluti :

— Pas juste pour Jim, pour moi aussi. Pour me sentir mieux.

— Si ça se trouve, ton Jim, il aime pas les maigres.

J'ai précisé, le doigt levé :

— Je ne t'ai pas dit que je voulais devenir un sac d'os, je veux devenir svelte et gracieuse, comme un papillon. Nuance.

— En plus, tu vas perdre des seins. Déjà que t'en as pas.

— Louison, t'es chiante. Tu veux pas que je sois bien dans ma peau ? T'as peur que je te fasse de l'ombre ou quoi ?

Louison a levé les yeux au ciel en soupirant. Puis elle a amoureusement regardé le reste de son pain au chocolat et déclaré :

— Bon, tu sais quoi ?

— Non ?

Elle a fourré la viennoiserie dans le sac en papier, et le sac en papier, dans la poche de sa veste.

Elle s'est arrêtée de marcher, m'a attrapée par les épaules et a annoncé avec la gravité d'un soldat partant au front :

— Moi aussi, je vais faire un régime. Pour te soutenir.

Je l'ai prise dans mes bras. Louison est vraiment *the best friend ever.*

Elle m'a repoussée et a ajouté, sourcils froncés :

— Mais après le mariage, on laisse tomber, OK ? Je ne veux pas me retrouver plate comme une limande, moi.

9.

Ce soir, je me sens invincible.

Je flotte au-dessus de la piste, légère et euphorique, il me semble que mes pieds effleurent à peine le tartan rouge brique. Voilà dix jours que j'ai amorcé ma transformation. En secret je m'allège. Je fais de la place pour mes ailes.

Cent mètres plus loin, Seb lève le bras. Nous sommes au milieu du mois d'octobre : il fait froid, mais je sais qu'il n'enfilera pas de survêtement avant janvier. Seb a grandi à Mouthe, dans le Jura ; il affirme qu'en comparaison, le Sud-Ouest, c'est les tropiques !

Imane, Juliette, Kentia et moi nous accroupissons en cascade.

— À vos marques !

Je cale mes pieds dans les starting-blocks. Je pose un genou à terre et place les mains juste en arrière de la ligne de départ. Je fais le vide dans ma tête. Je rentre dans ma bulle, j'attends le signal.

— Prêtes ?

Je lève les fesses, bascule le poids de mon corps sur mes bras, en équilibre instable.

— Partez !

Je pars comme une bombe.

Pendant quelques mètres, je maintiens mon inclinaison vers l'avant. Puis, je commence à me redresser, à allonger mes foulées. Je pense à toutes les fois où l'on a travaillé le « griffé ». Je vais chercher le sol, je l'attaque par la plante des pieds. Le contact est rapide, impulsif. Je garde de la souplesse dans les bras.

Je cours, j'avale le ruban synthétique qui se déroule sous mes pieds, je fixe le lampadaire à l'autre bout, entre les feuillages des chênes qui flamboient malgré l'obscurité. Je me laisse happer par la lumière blanche.

Je me concentre sur mon souffle. Inspirer par le nez, expirer par la bouche. Recommencer.

Je vais chercher le sol et je le quitte avec légèreté. La mécanique de mon corps ne m'a jamais paru si bien huilée.

Je pilote la machine sans souffrir, comme dans mes rêves d'évasion au Mexique. Je ne sens ni les muscles de mes cuisses, ni la brûlure dans ma cage thoracique. Tout est parfait, simple, idéal. Mon corps me semble porteur de promesses et d'espoir. Je cours et je crois que tout mon être sourit.

Top ! Les épaules en avant, j'ai franchi la ligne d'arrivée.

Je ralentis. Je marche pour reprendre mon souffle, fixant les taches orangées de mes pointes. Je suis sûre que je n'ai jamais couru aussi vite.

Seb me rattrape en trottinant, chrono à la main. Un grand sourire barre son visage :

— Hé, Mathilde, t'as mangé du lion ou quoi ? Quatorze secondes et quarante dixièmes ! T'as explosé ton record personnel !

Quatorze secondes et quarante dixièmes. « Quatorze ». Le mot cogne dans ma tête au rythme de mes pulsations cardiaques. Quatorze-quatorze. Quatorze-quatorze. Jamais encore je n'avais fait moins de quinze.

Seb me gratifie d'une franche tape sur l'épaule :

— Tu me refais ça tous les soirs d'ici le meeting et je te garantis que tu passes tranquille les qualifs pour le régional !

Je lui souris et je m'allonge sur l'herbe froide. Le ciel est noir, sans lune. Les nuits opaques, celles que préféraient Ama. Ce soir, elle serait fière de moi. Elle savait à quel point l'athlétisme est important dans ma vie. D'ailleurs, elle était souvent dans les tribunes pour nous encourager, les filles et moi.

Que Seb se rassure. Je ne vais pas m'arrêter là. Peut-être qu'en continuant à maigrir, je vais courir encore plus vite.

Je ne comprends pas pourquoi je n'ai pas commencé ce régime avant. C'est pourtant évident. Les papillons volent mieux que les éléphants.

Imane me rejoint. Elle s'accroupit à mes côtés. Son regard hésite entre la surprise et le soupçon. Nous sommes amies, mais aujourd'hui, une lueur différente habille ses pupilles. Je pense qu'elle me perçoit comme une rivale. C'est la première fois que l'une d'entre nous la bat sur un cent mètres, sa distance de prédilection.

— Mathilde, tu m'as sciée ! Respect. Va falloir que je te pousse dans l'escalier, si tu continues.

Son sourire est un peu affecté, elle est beaucoup moins douée que Louison pour peindre des émotions sur son visage.

Juliette s'approche également et me félicite, sincèrement heureuse pour moi. Elle me tape dans la main :

— Hé, t'as acheté une paire de jambes bioniques ou quoi ?

J'acquiesce en riant :

— Si t'es sympa, je te donnerai l'adresse du magasin.

Elle sourit avant de devenir plus sérieuse. Elle m'observe avec attention. On dirait que quelque chose la perturbe. Je fronce les sourcils :

— Qu'est-ce qu'il y a ? Pourquoi tu me regardes comme ça ?

— Je sais pas… T'aurais pas fait un truc à tes cheveux, aussi ?

Je secoue la tête. Juliette continue à me fixer, les yeux rétrécis.

— Ou alors t'as perdu des joues.

Mon cœur se remet à cogner dans ma poitrine. Elle est la première à me faire la remarque. Dix jours seulement après que j'ai commencé mon régime ! Je me tâte les maxillaires.

— Ah bon, dis-je en feignant l'innocence. Tu trouves ?

Elle hoche la tête, avec un sourire complice.

— En fait, c'est peut-être juste le plaisir d'avoir explosé le chrono d'Imane qui te donne cet air-là !

Seb nous fait signe :

— Allez, les filles, on ne perd pas le rythme, là ! On va reprendre quelques éducatifs de course avant de passer au saut en longueur. Et magnez-vous, on n'a pas toute la nuit !

Je me lève et rajuste ma queue-de-cheval. Les muscles de mes jambes ont déjà eu le temps de refroidir et me rappellent à leur bon souvenir. La douleur diffuse ne me dérange pas, au contraire, c'est une sensation que j'ai toujours trouvé agréable.

Des bruits de voix et de pas me font me retourner.

Et je le vois.

Jim, trottinant entre deux autres garçons transparents, seule touche de couleur dans une photo en noir et blanc.

Je n'ai pas le temps de me forger une contenance ou de faire celle qui n'a pas le cœur qui tambourine à cent à l'heure dans sa poitrine. Mes pointes sont engluées dans l'herbe grasse.

Quand il arrive à ma hauteur, Jim plante son regard dans le mien et lâche simplement :

— Jolie course.

J'ai le cœur qui s'envole bien au-delà de la cime ondoyante des vieux chênes. Et ce soir, ils me semblent frôler les étoiles.

10.

Je ne pense pas que mes parents puissent se douter que je fais un régime : ce genre de préoccupation esthétique n'entre pas dans leur champ des possibles. Je ne sais même pas si mon père prend le temps de se regarder dans le miroir, quand il se brosse les dents. Quant à ma mère, elle fait tellement peu de cas de son apparence qu'elle serait bien la dernière à comprendre que je veuille façonner la mienne. Alors s'ils apprenaient que je veux voir passer la lumière entre mes cuisses…

C'est pour ça que je prends mon petit déjeuner dans le car. Cela fait partie des inconvénients de mon régime (il y a aussi avoir envie de frites en plein milieu de la nuit, de mayo, de mayo *sur* des frites, et se faire engueuler au self parce que l'on met trois heures pour choisir ce qui semble le moins calorique).

Le petit déjeuner dans le car, c'est plutôt inconfortable : ma doudoune entrave mes gestes et je suis obligée de me brosser les dents dans les toilettes du collège. Mais je ne peux pas faire autrement : il s'agit d'une mesure de précaution indispensable, surtout depuis que ma mère paraît avoir remarqué un changement dans mon comportement alimentaire.

Elle n'a jamais vraiment été du genre mère poule stressée, à m'emmener chez le médecin à la moindre fièvre ou à me rapporter une écharpe oubliée. Mais après quatorze ans passés à constater la vigueur de mon coup de fourchette, peut-être que ma perte d'appétit subite a réveillé son inquiétude de mère. Ou de quelqu'un dont la mère est morte d'un cancer dépisté trop tard.

Il lui a tout de même fallu une semaine pour me faire une remarque, qu'elle a formulée en prenant bien soin de plonger les yeux dans son café noir : « Tu ne manges rien d'autre, Mathilde ? »

La première fois, donc, j'ai répondu que j'étais barbouillée.

La deuxième, j'ai prétexté que la veille, j'avais fait un concours de gaufres chez Louison (celle qui en mange le plus grand nombre gagne le droit de finir le pot de pâte à tartiner).

Le troisième matin, j'ai prétendu que le pain brioché sentait la graisse de canard.

Le quatrième jour, ma mère a déclaré qu'il était quand même étrange de perdre de l'appétit à l'adolescence, à plus forte raison lorsque l'on fait du sport, et qu'il serait peut-être intéressant de prendre l'avis d'un médecin.

— Mais non, je t'assure, tout va bien ! ai-je tenté de protester.

Quel que soit le problème qu'elle imaginait, il fallait à tout prix éviter qu'il nuise au bon déroulement de mon régime.

Elle a haussé les épaules :

— De toute façon, il ne faut pas que tu ailles voir le Dr Leroux, pour la nouvelle saison d'athlétisme ? Tu as besoin d'un certificat, non ?

— Oui, mais…

Profitant d'une pause dans le bla-bla du journaliste local, mon père a marmonné :

— Fiche-lui la paix, Judith. Mathilde est bien assez grande pour savoir si elle a faim ou pas. Et, tiens, passe-moi la brioche. Chez moi, je peux vous garantir que personne ne s'amusait à faire la fine bouche.

Ma mère lui a lancé une tranche et un regard métallique.

J'ai expliqué à mes parents que j'avais besoin de plus de sommeil. Et que par conséquent, je proposais de compenser ma demi-heure de repos supplémentaire en mangeant sur le chemin du collège.

Ma mère m'a dévisagée sans rien dire, mais mon père, une fois encore, a volé sans le vouloir au secours de la petite chenille qui tente de s'extirper de son cocon (ou alors, il avait vraiment envie d'écouter la fin des prévisions météorologiques) :

— Moi, je trouve que Mathilde fait preuve d'autonomie. Et de responsabilité. On n'a qu'à essayer, Judith. De toute façon, quel est le risque ? Ce n'est pas comme si elle nous demandait d'aller au collège en scooter.

— Mais oui, maman, ai-je renchéri en allant déposer mon bol dans l'évier. Quel est le risque ?

Et pour brouiller les pistes, j'ai croqué, au passage, dans la tartine de confiture qu'elle s'était préparée. Le morceau le plus petit possible.

Depuis, chaque matin, j'emporte un petit bento contenant deux tartines de pain brioché, une pomme ou une poire et une petite brique de jus de fruits. Je prends bien soin de le préparer devant eux, la main un peu lourde sur le beurre « tiens, je vais en remettre, ce soir j'ai entraînement ».

Cela ne sert probablement à rien, je ne suis pas sûre qu'ils prêtent attention à ma comédie. Peu importe. Ils ne m'ont pas fait d'autres commentaires, c'est l'essentiel.

Je refile les tartines et le jus à Boubou, un gosse qui prend le bus avec moi et qui va finir par ne plus pouvoir rentrer dedans s'il continue à boulotter comme ça.

Pour le soir, c'est assez facile : entre mes entraînements et leur travail à la ferme, mes parents et moi dînons souvent à des heures différentes. Pour les repas que nous prenons ensemble, j'emploie les ruses qui sont à ma disposition. J'en glisse discrètement une partie à Lascaux, qui semble absolument ravi de mes nouvelles habitudes alimentaires. Je mange le reste, mais je ne prends plus trois tranches de pain entre chaque plat, de la mayonnaise, du beurre, et je n'enterre plus ce que je mange de fromage râpé. Ou je mens. Je dis que j'ai mangé des chips avec Louison. Là, au moins, ça sonne juste, puisque c'est exactement ce que je faisais avant que je n'amorce ma transformation.

11.

— Alors, Mathilde, comment ça va ?

Je suis assise sur la chaise en skaï du Dr Leroux, notre médecin de famille. Depuis quatorze ans que je viens ici, le décor est toujours le même. Même tissu vaguement bleuâtre aux murs, mêmes affichettes vieillottes (le crocodile qui se lave les dents, la pyramide des aliments), même toise de bois, même petit chariot recouvert d'ustensiles, bâtonnets pour la langue, compresses stériles et autres désinfectants.

Le Dr Leroux me fixe de manière insistante. Autour de son cou, le stéthoscope pendouille comme un insecte mort.

Je ne sais pas ce que ma mère lui a raconté pendant que j'attendais dans la salle d'attente – bannissement qui m'a laissé un goût d'humiliation sur la langue – mais son regard me met mal à l'aise. J'ai l'impression d'être un rat de laboratoire.

Ou de devoir passer un interrogatoire (« Où étiez-vous dans l'après-midi du 25 mai dernier, quand vous avez séché le cours d'histoire ? »).

Je tente de chasser mon embarras en changeant de position. Le skaï de la chaise réplique en couinant grotesquement. Je lâche, comme on lance un caillou dans un puits en attendant le bruit de sa chute :

— Ben… ça va.

Mes mots me paraissent stupides, enrobés d'une couche de niaiserie collante.

Quelques secondes silencieuses défilent lourdement au-dessus de nos têtes. Enfin, il se décide à répondre :

— Vraiment ?

Je hoche la tête :

— Je n'ai mal nulle part. Je suis venue pour le certificat.

Le Dr Leroux pose ses lunettes sur la table. Ses gestes sont très lents, comme toujours. C'est le genre de personne en face de laquelle on a envie de brandir une télécommande et d'appuyer sur la touche « avance rapide ». Au bout du silence réglementaire, il déclare d'une voix humide :

— Écoute, Mathilde, toi et moi, on se connaît depuis longtemps. On va se parler franchement.

Ta maman ne me l'a pas dit explicitement, tu sais comme elle est, mais j'ai l'impression qu'elle se fait du souci. Elle te trouve un peu... différente. Morose, renfermée. Qu'en dis-tu ?

À défaut de réponse appropriée, je hausse les épaules. C'est ma mère tout craché, d'avoir recours à un intermédiaire au lieu de me poser clairement la question. Et puis en matière de renfermement sur soi, elle est plutôt mal placée pour juger.

Il insiste :

— À l'école, tout se passe bien ?

Peut-être qu'elle imagine que je suis rackettée, harcelée, ou qu'une photo de moi nue circule sur les réseaux sociaux. C'est sûrement à cause des journalistes : en ce moment, à la télé ou à la radio, on dirait qu'ils n'ont pas d'autre sujet à traiter. Elle me connaît vraiment mal : il faudrait que je perde la totalité de mes neurones pour envoyer à qui que ce soit des *selfies* de ma poitrine. Même à Jim. Surtout à Jim. Et surtout de ma poitrine !

— Oui, tout va bien. Les profs sont plutôt... cool.

— Et tu continues l'athlétisme ?

— Mmmh-mmmh. C'est pour ça que j'ai besoin du... du certificat.

Il hoche la tête et, au ralenti, carre ses épaules dans le dossier de son large fauteuil.

Il fait pivoter son siège avec une lenteur infernale, se lève et s'approche de moi. Je fixe bêtement ses chaussures, de gros godillots noirs, ce doit être pratique pour les consultations à domicile. Je l'imagine débarquer dans les fermes périgourdines, avec sa petite sacoche à la main, laissant dans la boue froide l'empreinte de sa démarche compacte.

Il s'assied sur la chaise libre à côté de moi, qui l'accueille dans le même soupir de plastique que sa voisine.

J'avale péniblement ma salive. Quel sujet va-t-il aborder, maintenant ? Pitié, pas de questionnements sur l'abondance de mes règles ou de sermon sur la contraception. J'en transpire d'avance.

Le Dr Leroux pose ses mains velues sur son pantalon en velours. Il se penche vers moi, je sens son haleine verte (menthol, peut-être même bonbons à l'anis) sur ma joue :

— Mathilde, on ne va pas tourner autour du pot plus longtemps. Je sais que tu étais très proche de ta grand-mère. Il est plus que normal de souffrir de son absence. Elle nous manque à tous, terriblement, et nous avons chacun notre manière de réagir à cette douleur. Si tu as besoin d'en parler, je suis là. Je peux également donner à ta maman les coordonnées d'un bon psychologue, si tu préfères.

Il a dit « ta grand-mère » du bout des lèvres, mais je reçois les trois syllabes comme autant de gifles. Je me recroqueville sur ma chaise et en moi.

Ce n'est pas avec lui ou un psychologue que j'ai envie de parler de ma peine. Elle ne leur appartient pas. Ils ne comprendraient rien.

Je n'ai pas besoin de lever les yeux de mon jean pour savoir qu'il me regarde avec un insupportable mélange de compassion et de tristesse. Je sais qu'il est sincère, et ça me fait d'autant plus mal.

Il poursuit, creusant davantage le sillon de ma peine :

– C'est long de faire le deuil, tu sais. C'est normal d'en passer par là.

Je ne réponds rien.

Finalement, la sonnette de la porte d'entrée vient faire tintinnabuler le silence. Le Dr Leroux se redresse et pose une main sur mon épaule :

— Je te propose d'y réfléchir sérieusement, Mathilde. Il faut demander de l'aide, si tu en as besoin.

Il m'invite à le suivre :

— Allez, viens, je vais t'ausculter. Voyons si tu as grandi pendant l'été.

12.

— Alors, combien ?

Je ne compte plus le nombre de fois où j'ai entendu cette question de la part de mes coéquipières, de mes parents, d'Ama ou de quiconque s'intéresse à mes dernières performances. Combien de secondes au cent mètres, au quatre cents, combien de mètres au saut en longueur, au saut en hauteur, au lancer de poids, au javelot...

Là, c'est Louison qui m'interroge, et sa question n'a absolument rien à voir avec mes entraînements, de toute façon clle s'en fiche comme de son premier coton-tige.

— J'en sais rien !

— Sérieux ? Comment tu peux être sûre que t'as maigri si tu ne te pèses pas ? C'est chelou ton truc, c'est comme... dire que t'es bon pour le Molière du meilleur acteur sans avoir entendu les applaudissements ! Il ne t'a pas pesée, ton doc ?

Je hausse les épaules :

— Si, mais avec quoi veux-tu que je compare ? La dernière fois que j'ai été malade, ça remonte à plus d'un an. Et puis chez moi, c'est pas Darty.

Elle se tape sur le front, comme quelqu'un qui réalise qu'il a oublié son porte-monnaie alors qu'il vient de passer une heure à remplir son caddie :

— Ah oui, c'est vrai. Y a pas de balance chez toi.

J'acquiesce en soupirant.

Il n'y a pas de balance à la maison, à part la grosse antiquité dont on se sert pour peser les oies et les canards. Chez nous, il y a un paquet de choses que les gens s'étonnent de ne pas trouver. Cela va du four à micro-ondes à la machine à raclette, en passant par la friteuse, la crêpière, le robot multifonction ou le frigo qui fait des glaçons comme chez Louison.

Je reprends :

— Bah, les chiffres, ce n'est pas le plus important. Ce qui compte, c'est que ça commence à se voir, non ?

Le regard de Louison glisse directement sur mon jean. Je lui épargne un commentaire désobligeant, je suis déjà suffisamment contrariée de constater que mes cuisses persistent à s'embrasser à chacun de mes pas. Pourquoi est-ce que je ne maigris pas plus vite ? Il me semble que je me prive depuis des décennies. Et à part Juliette à l'entraînement, l'autre soir, personne ne semble avoir remarqué quoi que ce soit. Combien de temps vais-je devoir encore attendre ? Et si la robe avait été vendue ? J'aurais dû la prendre. Je crois qu'il n'y en avait que deux à ma (future) taille.

— Oui, je sais, pour le *thigh gap* de cinq centimètres, c'est pas encore ça. Mais regarde !

Je déboutonne ma veste, soulève mon pull et exhibe la ceinture de mon jean comme s'il s'agissait de la coupe du championnat régional.

— T'as vu ? Je passe le doigt. Avant, mon jean me serrait comme la peau sur une chipolata.

Louison me lance un regard admiratif :

— Ah ouais, t'as raison !

Et se met *illico* à gémir :

— C'est dégueulasse ! Moi, j'ai pas maigri d'un gramme.

Je commence à rire, et elle ne tarde pas à m'imiter. Avec Louison, on se connaît par cœur. Je sais pertinemment qu'elle ne surveille ses repas que lorsqu'elle est avec moi, par solidarité. Et elle sait très bien que je ne suis pas dupe.

Elle s'agrippe à moi et me sort la version « tragédie grecque » :

— Oh, je sais, je suis faiiible ! Tu ne m'en veux pas, hein ?

J'embrasse la comédienne sur la joue :

— Mais non, idiote. C'est déjà adorable de ta part de ne plus te goinfrer de pains au chocolat devant moi.

— Bah, attends, c'est normal. Mais pour le reste, je te jure, c'est au-dessus de mes forces. Faire une croix sur le foie gras, le cassoulet, la pizza, les gaufres, les Granola... En plus on est dans le Périgord ! Faut soutenir l'économie locale ! Franchement, je ne sais pas comment tu fais pour résister !

Je souris. Ses mots sont comme des caresses qui flatteraient le dos d'un chat. C'est moche, mais je crois que je me sens... supérieure. Oui, c'est ça, supérieure. Comme si je pouvais réaliser des choses dont le commun des mortels s'avère tout bonnement incapable. Maîtriser mon corps. Le façonner comme je le souhaite.

J'ai honte, parce que j'adore Louison, et je ne devrais pas me réjouir de ce sentiment à son encontre. Mais c'est plus fort que moi. Et tellement bon.

— OK, j'avoue. En fait, j'ai un truc. Tu veux savoir ?

Louison hoche frénétiquement la tête, plus par curiosité que par réelle envie de maigrir, je pense. Je m'approche de son oreille et chuchote :

— Je suce des glaçons entre les repas.

Elle s'écarte de moi, les yeux écarquillés :

— Tu déconnes ! Sans blague, ça marche ?

J'éclate de rire :

— Mais non, c'est juste un coup à passer la journée aux toilettes ! J'ai vu ça sur le blog d'une folle anorexique.

Un voile d'inquiétude ternit les yeux de Louison :

— Tu mates quand même pas des blogs d'anorexiques, Math' ?

Soudain, je me sens légèrement mal à l'aise. Je suis tombée un peu par hasard sur ces sites-là, et j'avoue que je m'y suis laissé prendre, avec le vague sentiment de transgresser un interdit, de faire quelque chose de répréhensible, de coupable. J'ai lu les mots de ces filles, regardé leurs photos, partagée entre fascination et révulsion. En toute sincérité, je préfère mille fois être un brin trop musclée que leur ressembler, mais c'est étrange, leurs discours et leurs clichés exercent sur moi une sorte d'attraction morbide. Un peu comme ces gens qui se tordent le cou pour tenter de voir la victime, sur une scène d'accident.

Je sais que je ne deviendrai jamais dingue à ce point. Ces filles, je ne les envie pas, elles sont vraiment malades, elles ont un problème psychologique. Moi, je n'ai absolument rien en commun avec elles : je fais juste un petit régime pour me sentir plus jolie.

Je me défends :

— Tu rigoles, c'est carrément trop moche. Elles ont de ces jambes, tu verrais ! Avec les genoux plus gros que les cuisses, c'est immonde.

Louison acquiesce et grimace :

— Une fois, j'ai vu une émission à la télé. Il paraît que ça les détraque tellement, de rien bouffer, qu'elles ont du duvet qui leur pousse partout sur le corps. Beurk.

La sonnerie retentit. Nous nous dirigeons mollement vers la porte de notre classe, déjà découragées par la perspective de cette interminable journée de cours. Cézanne attend que le prof arrive, appuyée négligemment contre le mur. Je lui lance un petit « Salut ! », partagée entre admiration et rancœur : pourquoi certains obtiennent-ils si naturellement ce qui demande tant d'efforts à d'autres ? C'est moche. On devrait avoir le corps et le visage que l'on mérite, que l'on désire. J'opterais pour la silhouette de Cézanne, la personnalité d'Ama, les sourcils de Cara Delevingne. Et le charme pétillant de Louison, bien sûr.

Cette dernière ajoute :

— Moi, j'ai toujours pensé que t'avais une volonté de malade. C'est logique. De toute façon, il faut en avoir, pour tourner en rond sur une piste comme un hamster dans sa roue en plastique.

Une bouffée d'autosatisfaction me gonfle la poitrine. Elle a raison. La nature ne m'a peut-être pas dotée de la silhouette de Cézanne, mais elle m'a donné une force mentale qui peut me permettre d'obtenir ce que je n'ai pas. Les efforts ne m'effraient pas.

D'ailleurs, j'ai envie de passer à la vitesse supérieure. J'en suis capable et même j'en ai *besoin.* C'est tellement exaltant de sentir son corps se transformer.

Pas trop : juste ce qu'il faut pour être sûre de devenir papillon avant le mariage.

13.

Ce soir, il m'a fallu passer un peu vite sur la révision des verbes irréguliers. De toute façon, ce n'est pas très grave, une mauvaise note ne va pas me tuer. À la place, donc, j'ai dressé la feuille de route qui m'accompagnera pour les mois à venir. La discipline, c'est la clé du succès, Seb nous l'a assez seriné.

Méthode Papillon. Phase 2
(tous droits réservés Mathilde Fournier)

1. Alimentation : objectifs

Au petit déjeuner : fruit peu sucré (cerises et bananes interdites) + une biscotte ou tranche de pain.

Au déjeuner : une entrée (sans sauce) + du jambon blanc s'il y en a + un yaourt (+ 50 grammes de féculents <u>les jours d'entraînement uniquement</u>).

En cas de rupture de stock d'entrées : manger des yaourts. Et boire de l'eau.

Repas avec les parents : ne pas hésiter à prétexter le combat contre l'acné pour échapper à la charcuterie, au gras, au chocolat.

2. *Thinspiration*

À tout moment : regarder les images de Cara Delevingne téléchargées sur mon portable (futile, mais efficace).

La journée : admirer Cézanne.

En cas d'urgence : dégainer ma photo à la plage cet été (beurk moche horrible).

3. Divers

Matin et soir : étirements.

À tout moment : emmener Lascaux courir (s'il continue à grossir comme ça, avec tout ce que je lui donne, il va finir par faire une attaque sous la table).

J'ai plié la feuille en deux et l'ai rangée dans ma chambre, avec ma table des calories (je suis devenue incollable). Je n'ai rien à craindre du côté parental : depuis que ma puberté m'a officiellement intronisée « adolescente » l'année de mes douze ans, ni l'un ni l'autre ne se permet de rentrer dans ma chambre en mon absence.

J'ai passé le reste de la soirée à essayer des vêtements. La sensation d'être à l'aise dans des jeans que l'on martyrisait jusque-là est tout simplement stupéfiante. Je tire la langue à mon miroir. Jim n'a qu'à bien se tenir.

Je me sens le maître du monde.

De là où elle est, je suis sûre qu'Ama est fière de moi.

14.

Les jours se suivent et ne se ressemblent pas. Le nombre de satisfactions de la semaine écoulée a été inversement proportionnel à celui de la précédente.

Pour commencer, un lundi humide et froid, duquel j'aurais dû me préserver en restant pelotonnée sous ma couette, bien au chaud dans mon pyjama. Au lieu de quoi je suis sortie dans le brouillard pour rejoindre l'arrêt de bus, les idées opaques et les membres déjà cotonneux. Boubou m'attendait avec son traditionnel sourire joufflu et je lui ai fourré la totalité de mon petit déjeuner dans les bras en ne pensant qu'à une seule chose : retrouver un peu de réconfort dans la tiédeur ronronnante du car.

Au collège, Louison ne m'a même pas laissé le temps de lui faire la bise. Elle a écarquillé les yeux, partagée entre inquiétude et amusement :

— Oh là là, Math', mais t'as vu ta tête ! Qu'est-ce que t'as ? C'est Halloween ou quoi ?

Elle a dévisagé mon silence pendant quelques secondes puis a secoué la tête, l'air désapprobateur.

— Toi, t'as pas mangé ce matin.

Je me suis défendue avec le peu de véhémence que ma fatigue daignait encore m'accorder :

— Mais non, n'importe quoi… Je suis pas bien, c'est tout. Hier soir, je suis allée courir autour de chez moi, j'ai dû prendre froid.

Louison a plissé les sourcils et posé les mains sur les hanches :

— Ouais, c'est ça. Et moi hier soir, j'ai dîné avec Bradley Cooper. On me la fait pas, à moi. Tu peux pas rester comme ça, j'ai pas envie de te ramasser à la petite cuillère dans les toilettes des filles. Viens, je t'emmène à l'infirmerie.

— Louison…

— Quoi ?

— Tu dis rien à l'infirmière, d'accord ?

Elle a levé les yeux au ciel :

— Tu me prends pour qui ?

Elle m'a attrapée par le bras et entraînée dans le couloir :

— Par contre, arrête un peu tes conneries, Mathilde. Tu peux pas t'amuser à manger une fois sur trois. C'est débile. Tout ce que tu vas réussir à faire, c'est tomber dans les pommes.

Mme Courtelon, occupée à lire son magazine, nous a accueillies en levant un sourcil suspicieux (l'autre étant resté bloqué en mode « agressivité », c'est à se demander pourquoi elle travaille dans un collège si la vue d'un ado lui pique à ce point les yeux).

— C'est pour quoi ? a-t-elle glapi. Je vous préviens, avoir ses règles n'est pas une raison suffisante pour être dispensée de cours d'éducation physique.

Louison a répondu à ma place, avec le sens de l'improvisation que j'aurai peut-être lorsque j'atteindrai mon idéal de grâce et de minceur :

— Mathilde a mal au ventre. C'est peut-être à cause de l'épidémie de gastro. Si vous la renvoyez en classe et qu'elle vomit par terre…

Je devais effectivement avoir une mine inquiétante, parce que Mme Courtelon m'a immédiatement autorisée à m'allonger sur l'un des trois lits en ferraille qu'elle semble toujours vouloir garder disponibles, des fois qu'un poilu reviendrait de Verdun.

— Je vais appeler tes parents pour qu'ils viennent te chercher, a-t-elle déclaré en m'apportant une bassine en fer-blanc.

J'ai secoué la tête sur l'oreiller. Prévenir mes parents était la dernière chose à faire.

— Non, non, ai-je assuré avec un regain de vigueur. Inutile de les inquiéter.

J'ai marqué une petite pause, avant de mentir :

— De toute façon, il n'y a personne chez moi aujourd'hui. Mes parents sont partis en livraison à l'autre bout du département.

Mme Courtelon, visiblement hésitante, m'a opposé une moue contrariée :

— Bon, alors je vais t'apporter une verveine au miel et tu vas essayer de dormir un peu, nous verrons comment tu te sens après.

Quelques minutes plus tard, elle est revenue, avec, dans les mains, un mug à la gloire de la dune du Pyla.

Je n'ai bu que deux gorgées. Je fuis le sucre comme la peste.

Je me suis réveillée aux alentours de midi, et Mme Courtelon m'a proposé du riz et de la compote de coings, que j'ai mangés sans rechigner, parce que ce n'était pas gras (et que j'avais très faim).

Vers 14 heures, je me suis levée. Je me sentais vraiment mieux, et j'ai songé que Louison avait eu tort. C'était juste un petit accès de fatigue, le genre de chose qui arrive à tout le monde. Après tout, qu'est-ce qu'elle y connaît en régime ?

— Je crois que je vais pouvoir retourner en cours, maintenant.

Mme Courtelon a eu l'air surpris :

— Tu es sûre ? Tu n'as plus mal au ventre ?

J'ai secoué la tête et offert un sourire brave :

— Non, je vous remercie. Ce n'était peut-être pas la gastro, en fait. J'ai dû me coucher trop tard, hier soir. On a pas mal de révisions, en ce moment. Le brevet blanc, tout ça…

Elle m'a tout de même conseillé, si les symptômes redémarraient, de dîner légèrement (« il ne faut pas charger son estomac si tu sens que ta digestion est perturbée »). Pour l'après-midi, elle m'a également refilé une de ces galettes de riz à l'index glycémique affreusement élevé et que seules les infirmières scolaires doivent trouver appétissantes. Je l'ai fourrée dans mon sac en feignant d'écouter son sermon sur l'importance d'un lavage de mains fréquent, et aussi d'un sommeil suffisant.

Mercredi matin, un devoir de maths, grâce auquel je vais certainement pulvériser mon record de médiocrité. Sur l'énoncé, les chiffres se sont mis à danser, frénétiques petits acrobates aux pattes noires. Impossible de faire cesser leur sarabande. C'était comme dans un mauvais rêve, lorsque l'on doit absolument faire quelque chose (courir pour échapper à un zombie sanguinolent / se brosser les dents avant un rendez-vous avec un garçon), sans succès (les semelles sont pleines de colle / il y a une pénurie mondiale de dentifrice). En plus, devant moi, Cézanne grattait le papier comme une furieuse, ne lâchant son stylo que pour boire de longues gorgées d'eau, ce qui a eu pour seul effet de me mettre en panique totale. J'aurais tout donné pour copier sur quelqu'un mais les devoirs surveillés se déroulent dans une salle spécifique, suffisamment vaste pour que chaque élève soit seul à une table. La solitude, c'est bon quand on vient de se percer un bouton sur le nez. Pas pendant les contrôles de maths.

Mercredi après-midi : pas de Jim au stade, alors que je m'étais spécialement fait un shampooing avant l'entraînement.

Et en plus, des perfs minables. Je me suis complètement plantée quand j'ai acheté ces nouvelles pointes. Elles sont moulées dans du plomb. Seb m'a engueulée comme jamais, et quand Imane est venue me consoler, je suis prête à parier que dans son for intérieur, elle jubilait.

Enfin, pour clôturer la semaine en beauté : un conflit au repas de vendredi soir. Ma mère avait préparé un gratin de pommes de terre, dont la simple odeur a suffi à déclencher en moi une franche bouffée d'animosité. Pourquoi est-ce qu'on ne mange jamais de haricots verts, dans cette maison ? J'ai promené une rondelle de pomme de terre sur le trottoir de mon assiette pendant un quart d'heure, en ai mangé trois autres en raclant le fromage avec le bord de mon couteau et j'ai discrètement refilé le reste à Lascaux.

Mon père m'a demandé depuis quand je chipotais sur le gratin et j'ai failli répondre que l'odeur du fromage me donnait la nausée. Une fulgurance m'en a empêchée à temps. J'avais déjà utilisé ce prétexte plusieurs fois. S'il y avait peu de risque que mes parents envisagent un régime, il me semblait bien plus plausible, avec ce genre d'excuses, que ma mère commence à redouter une grossesse. Je suis née alors qu'elle avait dix-sept ans, et même si elle ne m'a jamais parlé de cette période-là autrement qu'avec des mots lisses, je sais que je suis arrivée sans prévenir. L'idée que ma mère puisse m'imaginer en train de coucher avec un garçon me donnait des sueurs froides. Et surtout, je n'avais aucune envie de devoir aller chez un gynécologue. J'ai changé d'option *in extremis* en décidant d'incriminer mon acné. J'ai pointé mon front :

— Dans mon cas, il paraît que l'excès de gras n'est pas recommandé. Je l'ai lu dans un magazine. Le mariage de Prune approche, j'aimerais ressembler à autre chose qu'à une calculatrice.

Je me suis pris la tête entre les mains :

— Je te jure, ça me plombe le moral, ces boutons. Forcément, tu peux pas savoir, toi, t'en as jamais eu.

Mon père s'est resservi en pommes de terre, silencieusement.

Ma mère, droite comme une cathédrale, a piqué une tranche de pomme de terre dans son assiette :

— Je trouve que tu n'en as pas beaucoup, mais si cela te mine à ce point, on peut reprendre rendez-vous chez le dermatologue. Veux-tu que j'appelle ?

Une telle opportunité était à saisir absolument. J'ai opiné du chef et pris un air totalement désespéré :

— Oui, mais cela ne m'empêche pas d'essayer les méthodes douces… Pas trop de charcuterie, pas trop de trucs sucrés… pas trop de féculents, non plus… Ils le disent dans tous les magazines, que c'est mauvais pour la peau…

J'ai attendu sa réaction en me félicitant intérieurement. En fin de compte, ma transformation physique avait tout de même commencé à avoir un impact sur ma confiance en moi. Le sens du mensonge et de l'improvisation ne m'était plus si étrangers, maintenant.

— Mauvais pour la peau ? Qu'est-ce que c'est encore que cette invention ? a lâché mon père avec une pointe d'agressivité.

Je l'ai ignoré et j'ai continué à regarder ma mère, réalisant soudain quelle stratégie employer pour m'en sortir.

Le Dr Leroux avait fini par sous-entendre que ma mère associait mon comportement à la mort d'Ama. La moindre allusion la confortant dans cette idée couperait court à la conversation.

J'ai ajouté, détachant bien mes mots :

— C'est déjà assez difficile pour moi depuis qu'Ama est morte. Alors si en plus je me sens mal dans ma peau…

Effectivement, ma mère s'est décomposée sur place. J'ai cru que son visage allait se briser en mille morceaux.

Je suis sortie de table et me suis engouffrée dans le couloir comme un rat détale dans sa tanière.

Dans ma poitrine, mon cœur battait à tout rompre. De honte.

Les larmes ont commencé à mouiller mes joues.

J'avais pensé pouvoir utiliser la mort d'Ama pour manipuler ma mère, mais tout ce que j'avais réussi à faire, c'est me donner envie de me passer par la fenêtre. Qui étais-je donc pour me servir de la mort de ma grand-mère pour arriver à mes fins ?

Mes pensées sont revenues s'aimanter au souvenir d'Ama. J'ai songé que le temps n'arrangeait rien et que son absence me faisait toujours aussi mal.

Et que depuis qu'elle était partie, j'avais tout le temps peur. Elle n'aurait pas dû mourir si jeune. Ce n'était pas dans l'ordre des choses. Ce n'était pas l'heure.

Je suis arrivée dans ma chambre et me suis jetée sur mon lit. J'ai enfoui ma tête dans le réconfort de mon oreiller. À quoi ça sert d'avoir de la poitrine si c'est pour avoir un cancer du sein ? À quoi ça sert de grandir si c'est pour mourir ?

Je me suis relevée, cherchant désespérément un moyen de chasser ces pensées. N'importe lequel.

J'ai ouvert mon ordi et j'ai googlé « *how to get a thigh gap* ». Des milliers de pages sont apparues, comme autant de présents instantanément apportés par des serviteurs obéissant au moindre de mes désirs. Je me suis apaisée comme un bébé qui respire son doudou pour chasser son chagrin.

15.

C'est la première fois que je reviens ici. J'ignore pourquoi j'en ai eu envie aujourd'hui précisément, alors que je viens de passer presque six mois à refuser ne serait-ce que l'éventualité d'y accompagner qui que ce soit, à détourner la tête lorsque le car approche de cet arrêt, à me persuader que je ne mettrais plus jamais les pieds dans cet endroit.

Je ne sais pas ce qui m'a pris. Comme chaque soir, le car s'est arrêté. Je suis descendue sans réfléchir, je crois. Il est reparti, toussant son nuage de fumée triste, m'abandonnant sous l'abribus avec mon sac pendu au bout de mon bras. Avant que le car ne disparaisse, j'ai eu le temps d'apercevoir Boubou, les mains collées à la vitre arrière. Ses yeux brillaient d'incompréhension, il devait être surpris que je descende là. On aurait dit un petit chien dont le maître, après des années passées à lui faire faire la même promenade, aurait subitement décidé d'emprunter un tout autre chemin. Je lui ai adressé un coucou rassurant de la main.

J'ai remonté la fermeture Éclair de mon blouson et commencé à grimper la côte qui mène en haut de la colline.

Je pousse les grilles du cimetière, qui s'ouvrent en gémissant.

À ma droite, sous un robinet de cuivre, un arrosoir attend de rendre service. Quelqu'un a dû l'utiliser récemment, il est encore humide.

J'avance lentement entre les tombes alignées. Je réalise que je me tiens bizarrement, les bras serrés contre mon corps. Peut-être est-ce simplement pour sentir ma chaleur, pour me confirmer que je suis bien vivante au milieu de tous ces morts.

Mes baskets crissent sur le gravier. Je n'aime pas ce bruit ni la sensation qu'il procure. On a l'impression de faire du surplace, de s'enfoncer dans le sol, là où ils sont tous en train de pourrir.

La nuit est arrivée sans que je m'en aperçoive, et le brouillard est tombé en même temps que la température. Les lampadaires automatiques se déclenchent, mouillant l'allée de flaques de lumière triste. Çà et là, une plante en plastique est honorée par le halo orangé, comme un chanteur sous le feu des projecteurs. Plus loin, c'est une couronne fanée, un bout de marbre, de croix rouillée. Une photo encadrée. Je m'arrête à certains endroits, je calcule les âges, détaille les visages. Trente ans. Accident de la route ? Soixante-sept ans. Cirrhose du foie ? On t'avait bien dit qu'il fallait arrêter de boire, Jean-Paul Dubois.

Je frissonne. Même en été, il me semble que j'aurais froid dans cet endroit. Pourquoi faut-il que les cimetières soient toujours aussi sinistres ? Qu'est-ce qui interdit d'en faire des lieux plus gais ? Avec des arbres fruitiers, des bancs pour discuter, des jeux pour les enfants, des parasols en été ?

C'est peut-être pour cela que je ne voulais pas venir. Parce que l'idée d'associer quelqu'un comme Ama à un endroit si triste, si froid, me donne la nausée.

Les allées sont désertes, je n'ai croisé personne avant d'arriver sur sa tombe.

Sur le marbre, deux vases sont remplis de fleurs que le froid n'a pas encore figées. Je ne sais pas qui les y a placés. Cela peut être n'importe qui.

Le Dr Leroux. Mme Jankélévitch, la riche voisine d'Ama, qui disait avoir failli épouser un tsar de Russie – mais qui est surtout complètement mytho, puisque le dernier des Romanov est mort en 1917, mon cousin Victor et moi avions vérifié.

En fait, je crois que personne ne pouvait rester indifférent devant Ama. Autour de sa table, les visages étaient ouverts, les discussions animées, les coups de fourchettes énergiques et étonnés. Elle parsemait ses plats de fleurs fraîches, mariait les légumes oubliés aux épices douces, aux agrumes rares, et dressait ses créations dans de la vaisselle ancienne et dépareillée, chinée çà et là dans les brocantes de Dordogne, qu'elle apportait aux convives d'un pas dansant. Et elle avait ce sourire que rien ne semblait pouvoir ôter de ses lèvres.

La plante que j'ai déposée le jour de l'enterrement est complètement fichue. Elle a séché ou pris froid, peu importe. En tout cas il n'en reste qu'une tige brune à laquelle s'accrochent encore lamentablement quelques feuilles recroquevillées sur elles-mêmes comme des chauves-souris.

Je ramasse le cadavre et l'expédie dans la première poubelle venue.

Sur une tombe voisine, j'avise une jolie plante aux feuilles rouges, ce genre de plantes qu'en hiver on voit souvent saupoudrées de paillettes argentées, dans la vitrine des fleuristes. Je ne sais pas comment elle s'appelle, je constate juste qu'elle est encore pleine de sève. Je me baisse en vitesse, la prends sous le bras et l'emporte avec moi, sous le regard scandalisé d'une vieille qui m'observe en silence ; elle a dû débouler d'une allée sombre sans que je m'en aperçoive. Sous la lumière du lampadaire, je la reconnais. C'est Mme Audebert, la mère du facteur. Elle a quatre-vingt-cinq ans, des poils au menton et pas de petits-enfants.

Pourquoi est-ce ma grand-mère à moi qui est partie, alors que j'avais encore tant besoin d'elle ?

J'écrase ma colère en piétinant les graviers comme s'il s'agissait de cafards au milieu d'une salle de bains. Je grimpe sur la plaque de marbre de la tombe d'Ama et je m'assieds en tailleur, en plein milieu. Je pose la plante devant moi, ses feuilles rouges flamboient comme du feu.

Je commence à rire. Je ris comme une démente, comme une forcenée.

Je ris et je pleure.

J'ai froid. J'ai faim.

16.

Je me suis chopé un rhume de malade.

Quatre jours que j'agonise à la maison, avec des frissons, de la fièvre et Lascaux qui ne me lâche pas d'une semelle. En plus, j'ai une conjonctivite. Je croyais qu'il s'agissait d'une maladie que seuls les enfants attrapent, parce que leurs défenses immunitaires ne sont pas encore maximales. Je suis la première étonnée, car en temps normal, je suis plutôt quelqu'un de robuste.

Dimanche, le médecin de garde m'a refilé un traitement de cheval, antibiotiques, vitamines et autres fortifiants en tous genres. Il paraît que le pharmacien a mis dix minutes à délivrer l'ordonnance, je pense que je lui ai fait sa recette de la journée.

J'ai dû attraper ça au cimetière, vendredi soir. Je suis restée longtemps assise sur la tombe d'Ama, après qu'il s'était mis à pleuvoir. Quand je suis arrivée à la maison, j'avais si froid que même le bain brûlant a eu du mal à faire cesser mes tremblements.

Je n'ai pas mis les pieds au collège depuis le début de la semaine. Je pensais m'en réjouir, mais en fait, les journées à la maison s'étirent comme si elles ne devaient jamais finir, décolorées et vides. Je n'arrive pas à me concentrer sur un livre, surfer sur Internet m'ennuie et me fatigue et il n'y a que des émissions débiles à la télévision.

Quand j'entends mes parents rentrer pour déjeuner ou dîner, je fais semblant de somnoler afin d'éviter d'avoir à manger avec eux. Ma mère me laisse des plateaux-repas, dans lesquels je sélectionne consciencieusement les aliments pour que ma ration ne dépasse pas le nombre de calories que je m'autorise. Je donne le reste à Lascaux ou je le glisse dans une serviette que je vais vider dans les toilettes. J'ai faim, mais justement, c'est rassurant, parce que ça veut dire que je suis sur le bon chemin, que je fais les choses correctement. Ma mère semble inquiète, elle vérifie scrupuleusement que je prenne bien mes médicaments.

La seule chose qui me fasse plaisir est la présence de Louison. Tous les soirs, après les cours, elle prend le car spécialement pour venir me voir.

Justement, c'est elle que j'entends. Elle s'annonce toujours de la même manière, on dirait que son doigt danse sur la sonnette.

— Salut Math' ! claironne-t-elle en entrant.

Elle n'a ouvert la porte que pendant cinq secondes, mais j'ai l'impression que l'hiver n'attendait que cela pour se précipiter dans la maison. Je frissonne.

Louison se débarrasse de ses bottes, de son sac et de son manteau, puis vient directement s'asseoir à côté de moi. Elle me sourit. Quelques gouttes de bruine sont accrochées à ses cheveux, comme des petites perles éphémères, et ses joues sont roses de froid. Je l'ai toujours trouvée jolie, Louison. C'est sûr, elle n'a pas la beauté de Cézanne, la beauté inaccessible qui fait mal parce qu'elle te renvoie à ce que tu ne seras jamais. Mais elle est vraiment agréable à regarder, comme un beau tableau, un décor de Noël ou un bouquet de fleurs des champs. Peut-être parce qu'elle donne toujours l'impression d'être de bonne humeur. Sa présence me réconforte. Je suis heureuse de la voir.

— Salut, Louison ! lancé-je.

Ma voix me semble aussi ouatée que la forteresse de plumes dans laquelle j'ai passé la journée.

Je suis assise dans le canapé depuis que je suis sortie du lit, saucissonnée dans la couette la plus chaude que j'aie pu trouver. Je ne me lève que pour aller faire pipi, c'est-à-dire assez fréquemment, avec la quantité de tisane de thym que je bois (très efficace contre les infections, selon le pharmacien). Louison me décoche une grimace :

— Ouh là là, tes yeux, c'est méchant, aujourd'hui ! Pire qu'hier, non ? On dirait que tu as la… tu sais, le truc des lapins, là.

Je renifle :

— La myxomatose. Merci pour tes encouragements, ça me remonte le moral.

Louison me tape sur la cuisse, enfin, sur la couette.

— De rien !

Elle me fixe et son sourire se fane.

— Alors, comment tu te sens ? Tu sais, je trouve que tu as une mine de déterrée. J'aime pas te voir comme ça.

Je m'extirpe de la couverture et en sors les bras pour me servir une tasse de tisane. Je me force à glisser un peu de gaieté dans ma voix :

— T'inquiète pas pour moi, mes globules blancs sont des *warriors*. Tu veux de ma potion magique ?

Louison secoue la tête, l'air horrifié, on dirait que je lui ai proposé de perfectionner sa technique du baiser avec Lascaux, qui halète à mes pieds.

— Ça pue, ton truc.

Je hausse les épaules :

— Je sais pas, j'ai le nez bouché. Alors, quoi de neuf, au collège ?

Les yeux de Louison se mettent à pétiller d'anticipation. Il n'y a rien qu'elle aime tant que les scoops et les ragots.

— Tu devineras ja-mais.

— Vas-y.

Elle tend le cou vers moi :

— Il paraît que ce matin, Idriss a demandé à Cézanne de sortir avec lui.

— Sans blague ? Et qu'est-ce qu'elle a répondu ?

— Elle a dit non, *of course*. Tu le verrais, il est totalement déconfit.

J'imagine ce pauvre Idriss qui, dorénavant, va voir son chagrin et son humiliation flamber comme un fétu de paille, à chaque fois qu'il croisera la silhouette gracile de Cézanne. J'ai de la peine pour lui. En même temps, il faut vraiment qu'il ait présumé de son pouvoir de séduction pour oser imaginer que Cézanne accepterait de sortir avec lui.

Louison reprend :

— Et sinon, en moins croustillant, je t'ai photocopié les cours.

La voilà qui se lève en sursaut. L'excitation surgit dans ses gestes comme les petites sections dans une cour de récréation :

— Attends, j'ai un truc pour toi.

Elle court vers son sac *oversize*, farfouille dedans et en ressort triomphante, munie d'un sachet en papier brun.

— Tiens, je suis passée à la boulange, exprès. Je t'ai pris un croissant aux amandes.

Le croissant aux amandes, tout en haut de la liste de mes délices, *ex aequo* avec les baisers de Jim (enfin, tels que je les imagine) et le dernier album de alt-J.

Au bout de ses doigts, le sachet me nargue, auréolé de gras. Je peux presque voir la viennoiserie délicatement poudrée de sucre glace, sentir son poids plein de promesses, son odeur arrogante qui défie mon nez bouché.

Au fond de moi, une vague de colère est en train de naître. Ce n'était pas prévu, encore moins voulu, mais elle est bien là, à enfler dans le creux de mon ventre, à prendre son élan. Elle veut me faire couler.

Ça y est. Je tangue, toute seule sur une petite barque dans un océan démonté, et il n'y a personne pour m'aider.

Je me réfugie sous la couette avec mon aigreur.

— J'ai pas faim.

Ma voix est sèche, presque terreuse.

Se priver est déjà suffisamment pénible sans qu'elle soit obligée de me ficher un truc pareil sous le nez. Résister aux tentations, c'est le plus épuisant. Mais forcément, elle n'en a aucune idée. Personne ne peut savoir. Je lui en veux, de ne pas souffrir comme moi. J'en veux à la terre entière, même.

Louison fronce les sourcils :

— Hein, t'en veux pas ?

— Non !

J'ai presque crié.

Elle dépose le sachet sur la table et revient s'asseoir auprès de moi. Je déteste l'air d'inquiétude maternelle qu'elle arbore soudain. Je m'enfonce dans le dossier du canapé et plante mes yeux dans les motifs de la tapisserie. C'est étrange de constater à quelle vitesse un orage peut se déclarer. La présence de Louison m'irrite au plus haut point, alors qu'il y a encore une minute et demie, j'étais heureuse de la retrouver. Maintenant, j'ai envie qu'elle s'en aille, qu'elle me fiche la paix. Elle peut retourner chez elle, à feuilleter des magazines en grignotant des chips. On ne joue pas dans la même catégorie. Moi, je veux être avec les papillons : au-dessus de toute cette médiocrité, de ce laisser-aller.

— Attends, Math', tu déconnes ? T'es sous antibiotiques, là ! T'es ma-la-de. C'est pas le moment de penser à l'épaisseur de ton cul ! T'as besoin de te requinquer, ma vieille !

— Quand j'aurai besoin de tes conseils, je te le dirai, OK?

Elle se radoucit et m'oppose sa tendresse, sa compassion ou je ne sais quel autre sentiment qui me donne envie de hurler.

— Mathilde ! Comment il faut te le dire ? T'es. Pas. Grosse ! Des tas de filles rêveraient d'avoir ta silhouette ! Tu crois pas que ça suffit, maintenant ? Ton régime, ça vire à l'obsession. Tu me fais flipper, là. Et puis ça devient chiant, tu ne parles plus que de ça ! Depuis quand on s'est pas tapé de fou rire, toi et moi ? Franchement, t'es pas marrante en ce moment !

Elle en a plein la bouche, de ces mots-là. Je reste murée dans mon silence et l'épaisseur de ma couette. Il n'empêche qu'elle a raison. Moi aussi, ça me manque, l'insouciance, le rire.

Je nous revois, pliées en deux devant le blog « mode » de Vanessa, à grignoter des biscuits ou des fraises Tagada. Ou au cinéma, un énorme paquet de pop-corn sur nos genoux. À partager un bon repas, chez ses parents ou chez Ama. Maintenant, les invitations à dîner me mettent juste en rogne, parce que je sais que je vais devoir batailler ferme pour résister aux odeurs, aux couleurs, aux saveurs. Que le repas va s'éterniser comme un chewing-gum collé sous une chaussure, alimentant encore un peu plus mon aigreur. Que tout le monde aura le cœur à rire, sauf moi.

En même temps, est-ce que j'ai le choix ? Je ne peux pas abandonner maintenant. J'ai un objectif à atteindre. Et je sais que je suis suffisamment forte pour y arriver.

Louison renchérit :

— De toute façon, c'est génétique, le *thigh gap*. Tu peux être maigre comme un clou et avoir malgré tout les cuisses qui se touchent. C'est une question de morphologie.

Je hausse les épaules, tandis qu'elle enchaîne :

— Et puis quand bien même tu finirais par l'avoir, ton foutu *thigh gap*, ce serait quoi, après ?

Le *bikini bridge** ? Quand la mode sera de se faire greffer une crête de dindon sur le crâne, tu le feras ? C'est sans fin, ton truc !

Cette conversation m'énerve. Je n'ai pas envie d'argumenter. J'ai mal au crâne, ma conjonctivite me gratte affreusement, je voudrais avoir du papier de verre pour faire cesser ces démangeaisons.

Alors je me contente de fixer ses cuisses, d'un regard rouge et appuyé. Exprès. Et je siffle, avec ma voix nasillarde :

— T'es experte en minceur, maintenant ? Parce que franchement, on dirait pas.

Je lui ai jeté ces mots avec une méchanceté et une agressivité dont je ne me serais jamais crue capable. Ma voix est tapissée de petits poignards effilés.

Je ne dis plus rien, elle non plus. À mes pieds, Lascaux a enfoui son museau entre ses pattes, il se protège des intempéries. Je n'entends plus rien que le tic-tac de la pendule et la colère qui palpite sur mes tempes. Le regard de Louison s'est durci :

— Arrête, Mathilde.

---

* Espace qui se creuse entre le ventre et les os de la hanche, en position allongée.

Je sais que je devrais m'excuser. Mais je ne peux pas. J'ai l'impression que je ne maîtrise plus rien, que j'ai un punching-ball devant moi et qu'il faut que je me défoule à tout prix avant qu'il ne me soit retiré :

— C'est pas parce que te coincer un tonneau entre les jambes est la seule méthode qui te reste pour empêcher tes cuisses de se toucher que tu dois…

Merde, je dis n'importe quoi. Je suis allée trop loin, là.

Mais il est trop tard, une énorme vague s'est fracassée sur le salon, le canapé, le tapis, le chien, Louison et moi.

Silence.

Maintenant qu'elle s'est retirée, tout est dévasté. Scène de désolation amicale.

Louison s'est déjà levée.

— Tu crains, Math'. Je me casse.

Elle attrape ses affaires, ouvre la porte et me lâche :

— Tu sais quoi ? T'étais beaucoup moins conne avant que tu fasses ton régime.

17.

J'ai fini par retrouver figure humaine. Enfin presque, parce que je ne me suis jamais sentie aussi affreuse. Ma peau est terne, mes cheveux cassants. Mais je ne m'en inquiète pas, cela doit être passager. Et puis une chrysalide, c'est toujours moche.

Je suis revenue en cours, les profs, les locaux et les élèves sont les mêmes, mais rien n'est comme avant.

Entre Louison et moi, la rupture est consommée.

Je vais avoir du mal à m'y habituer, après toutes ces années passées à ses côtés, à écouter ses imitations, ses tirades ronflantes, ses blagues idiotes. Les journées s'étirent comme des tunnels sans fin, les intercours sont froids, insipides et vides. Je n'ai plus Ama, je n'ai plus Louison, je suis toute seule.

Novembre se traîne. *Je* me traîne. Je suis tellement fatiguée. Je me doute bien que c'est parce que je ne mange pas beaucoup. Il faut que je m'en accommode. Ma future silhouette vaut bien quelques sacrifices. Mon régime, il ne me reste plus que ça, de toute façon.

Ce matin, pour la première fois depuis notre dispute, j'ai croisé le regard de Louison. Elle mangeait un pain au chocolat en compagnie d'un groupe de filles et, quand je suis arrivée à sa hauteur, ses yeux ont accroché les miens. Est-ce qu'elle voulait me provoquer ? Je m'en suis débarrassée en feignant l'indifférence. Tout est de sa faute. Si elle n'avait pas sorti ce croissant aux amandes à 451 calories, je serais maintenant en train de rire au téléphone avec elle, plutôt que de tourner en rond dans ma chambre, avec mes pensées qui m'écorchent le cerveau.

Mais je ne ferai pas le premier pas. Ce serait comme m'abaisser, et il n'en est pas question.

Peut-être que nous deux, quoi qu'il en soit, ça se serait terminé, d'une manière ou d'une autre. Peut-être qu'en grandissant, on prend des chemins différents.

Au self, j'ai tenté de me rapprocher de Cézanne. Je me suis assise à sa table, où elle déjeunait en compagnie d'une fille quelconque avec qui elle traînait l'année dernière, il me semble. Elle ne m'a pas repoussée, je le prends comme un compliment, voire une victoire. Peut-être qu'elle a senti que nous étions de la même espèce, elle et moi.

Je dois avouer que le déjeuner a été un peu décevant. Je n'ai pas trouvé grand-chose à lui dire, elle n'a pas trouvé grand-chose à répondre. Mais j'imagine que c'est normal, qu'il faut du temps, que l'on apprenne à se connaître. Ama disait que l'amitié est comme un jardin. Elle se cultive, elle a besoin d'attention. Demain matin, j'irai de nouveau à sa rencontre. Je trouverai bien un sujet de conversation. Je lui demanderai si elle fait de la danse, de la musique, ou si elle a des frères et sœurs. Moi, je suis fille unique.

Je m'approche de la fenêtre de ma chambre et colle mon nez sur la vitre glacée. Dehors, les fantômes des arbres ondulent dans le noir humide. Je pense à Ama. J'espère qu'elle n'a pas trop froid, là où elle se trouve.

Je reviens vers mon bureau et je me surprends à vérifier que je n'ai pas reçu de nouveau message. L'écran n'affiche que l'heure et la date. Forcément. Mon téléphone ne risque pas le surmenage, depuis que je ne parle plus à Louison. Qu'est-ce que la vie passe lentement, depuis quelque temps.

Mes yeux tombent sur mon sac de sport, qui gît sur mon vieux tapis blanc comme une otarie sur la banquise rétrécie. Le meeting, c'est dimanche prochain. Je devrais repasser mes courses dans ma tête, faire quelques étirements ou autres renforcements musculaires. Bof. À quoi bon ?

Du pied, je repousse le sac contre le mur et m'allonge sur le lit. La voix de Seb résonne dans ma tête : « N'oubliez pas de vous charger en glucides, les filles ! Bouffez des pâtes ! »

Je deviens peut-être paranoïaque, mais j'ai eu l'impression que la remarque m'était spécialement adressée. Des pâtes. Et puis quoi encore. Sûrement pas.

Mon ventre gargouille, c'est bien. Je vais aller me coucher.

De toute façon, j'attends ce moment depuis la seconde où mon réveil a sonné.

18.

Depuis quelque temps, ma mère fait preuve d'une sollicitude étonnante à mon égard, comme si j'étais une petite chose fragile, une feuille d'automne qu'un souffle de vent peut emporter.

Ce n'est pas désagréable, moi qui ai toujours eu l'impression d'être la fille robuste, au tempérament assorti à la musculature, l'arbre qui n'a besoin que de peu d'attention pour pousser.

Aujourd'hui, elle a décidé de m'emmener au centre commercial. Je sais très bien qu'elle déteste ce genre d'endroit et qu'elle a bien d'autres choses à faire à la ferme, mais me faire plaisir semble être passé en tête de ses priorités. J'ignore si la fin de mon rhume a dissipé son inquiétude. Peut-être pense-t-elle encore que je déprime à cause d'Ama. De toute façon elle n'abordera pas le sujet avec moi. Je me prépare à ce qu'elle me conduise chez un psychologue. Hier, j'ai surpris une bribe de conversation téléphonique. Il m'a semblé qu'elle demandait un rendez-vous, et je ne pense pas qu'il soit question d'aller chez la manucure. Cela ne me fait pas peur. Tant que l'on me laisse faire mon régime, je veux bien aller voir tous les psychologues de la terre. Je leur raconterai des bobards.

Le paysage glacé défile derrière la vitre de la voiture. Un pré, un embranchement avec ses panneaux recouverts de givre, une colline, un hameau, une abbaye, un petit supermarché flanqué d'une boulangerie, un tracteur stationné au bord de la route.

Je pousse à fond le bouton du chauffage et je m'inquiète à propos du déjeuner. Mentalement, je passe en revue les restaurants et snacks du centre commercial. J'espère que ma mère ne va pas vouloir manger au Pain doré, ils n'ont que des salades luisantes de mayonnaise ou des sandwichs pour bûcherons affamés. Sans compter les croissants aux amandes dont la simple perspective d'être privée me met déjà dans une humeur de dogue enchaîné.

Je pousse la porte du parking et nous entrons dans le centre commercial. Le contraste est toujours aussi saisissant : on passe de la pénombre à la lumière presque aveuglante, du bruit des moteurs à la musique d'ambiance, du froid à la chaleur quasi tropicale.

Ma mère rajuste son sac sur son épaule, puis se tourne vers moi, tellement pleine de bonne volonté que j'en concevrais presque de la peine :

— Alors, on commence par quoi ? Le magasin de sport ? On pourrait peut-être te prendre des boissons énergétiques, pour demain.

Je hasarde un sourire :

— OK, si tu veux. Viens, c'est par là.

Nous avançons dans les allées surchauffées, au milieu des boutiques qui tentent de nous attirer à grands coups de couleurs, d'affiches et d'opérations promotionnelles en tous genres. Noël se profile déjà, au milieu du centre commercial trône un immense sapin décoré de boules transparentes et de suspensions argentées. La vendeuse du torréfacteur soulève son rideau de fer. Une femme de ménage pousse son chariot rempli de bidons et autres balais. Nous sommes venues à l'ouverture, il y a encore peu de monde. Dans quelques heures, l'ambiance sera totalement différente et je dirai à ma mère que je veux rentrer, sous prétexte que j'ai besoin de me reposer avant le meeting. En vérité, je suis tout à fait consciente de l'effort qu'elle déploie pour venir faire du shopping avec moi, et je voudrais éviter que cette sortie ne se transforme en véritable torture psychologique.

— Tu vas bien, Mathilde ? me lance-t-elle sans me regarder, d'une voix mal assurée.

On dirait qu'elle se force, qu'on lui a soufflé sa tirade depuis les coulisses. Elle n'est pas très bonne actrice.

— Hun-hun. Pourquoi tu me demandes ça ?

Le ton que j'ai adopté est censé la décourager de poursuivre. Ce qui se passe en moi est étrange. Je reproche assez à ma mère de ne jamais engager de « vraie » conversation avec moi, je devrais lui être reconnaissante de ce qu'elle tente aujourd'hui. Pourtant, je n'ai pas envie de commencer ce genre de discussion maintenant. Et à la manière dont ma mère a posé la question, je crois qu'elle n'y tient pas tellement non plus.

Une enseigne connue me sauve la mise. J'attrape le bras de ma mère et l'entraîne vers l'entrée :

— Attends, viens, on va faire un tour ici !

Une odeur poudrée nous enveloppe, à peine le seuil de la porte franchi. La boutique, tout en harmonie de tons bruns, est quasiment déserte. Le bruit des allées semble loin, l'ambiance est feutrée. Sur ma droite, deux dames plutôt chic devisent sur le prix, la matière ou je ne sais quoi d'autre concernant une veste de tailleur que l'une d'entre elles brandit sous la lumière artificielle.

La vendeuse nous salue. Elle vient à notre rencontre et nous accueille, nous jetant au visage son sourire rouge et brillant. Elle se tourne vers moi et déclare, l'œil complice :

— Vous, vous n'avez pas oublié la robe bleue ! Je me trompe ?

Je ne trouve rien d'autre à faire que de répondre par un rire gêné. Avec le nombre de clientes qu'elle voit passer chaque jour, la probabilité qu'elle se rappelle chacune est plus que minime. Quelque chose en moi a dû la frapper. Peut-être était-ce la première fois qu'une fille à la carrure de déménageuse demandait à enfiler une robe si gracieuse.

Devant l'air interrogateur de ma mère, je marmonne quelques explications sur ma venue avec Louison.

La vendeuse se tourne vers ma mère et renchérit :

— Oui, deux amies qui partagent une telle complicité, cela ne s'oublie pas. Et pourtant, j'en vois défiler, des jeunes filles !

J'avale ma salive et refoule l'image de Louison. Je n'ai rien dit à ma mère sur ce qui s'est passé, je m'efforce de faire comme si de rien n'était. Je parle d'elle comme je le faisais avant, ce qui est plutôt compliqué, puisque l'on ne partage plus rien. Mais jouer la comédie, c'est devenu mon rayon, à moi aussi.

La vendeuse nous fait face, munie de la robe. Je n'avais même pas vu qu'elle était partie la chercher, elle me semble être apparue dans ses mains comme par magie.

— Vous avez de la chance, précise-t-elle d'un air entendu. C'est la dernière. J'ai vendu l'autre la semaine passée.

— Elle est magnifique, murmure ma mère, visiblement émerveillée.

J'acquiesce en silence, un peu gênée. Pourquoi suis-je entrée dans cette boutique ? Est-ce que j'ai encore besoin de cette robe, finalement ? Je ne sais même pas si je vais aller au mariage, maintenant que je n'ai plus rien à faire avec Louison. Je ne sais même plus si j'ai envie de tenter ma chance avec Jim. Je ne sais plus de quoi j'ai envie, point.

Ma mère caresse le tissu et ajoute :

— C'est un bleu qui…

Elle s'arrête au beau milieu de sa phrase, stoppée par un obstacle invisible. Je sais très bien quels mots viennent de se cogner contre ses lèvres closes. *Un bleu qui me rappelle la jupe de maman.* Elle doit avoir peur de me faire du mal.

Elle me demande :

— Tu veux l'essayer ?

J'attrape le cintre et me dirige vers les cabines. Elles ne sont qu'à quelques pas mais le chemin semble infiniment long. J'ai l'impression que tous les clients de toutes les boutiques du centre commercial sont agglutinés dans l'entrée du magasin, à attendre que j'enfile la robe, comme dans un spectacle.

Mon cœur bat la chamade. On dirait que je rentre dans un stade, le jour d'une compétition. Et si… et si elle me serrait toujours autant ? Si je n'arrivais pas encore à rentrer dedans, malgré ces semaines passées à me priver ? Je meurs d'envie de l'essayer. Je meurs d'envie de ne pas l'essayer.

Je crains de ne toujours pas pouvoir être digne de cette robe. Et que ma mère le constate. Qu'au fond d'elle, elle soit déçue de moi, et que moi-même, je me déçoive également.

J'écarte le rideau de velours et pénètre dans la cabine. J'ôte lentement mes vêtements et pour la seconde fois, je me coule dans la robe de soie.

La fermeture glisse sans problème jusqu'en haut de mon dos.

Étonnement, satisfaction, soulagement. Fierté, miracle.

Je peux sortir de la cabine, tous les spectateurs vont m'applaudir jusqu'à s'en faire saigner les paumes.

Je mets les mains sur les pans du rideau de velours et j'exulte. Je pleure aussi, à l'intérieur.

Pourquoi est-ce que je me sens si triste, alors que les choses prennent enfin la forme de mes désirs ?

19.

— Bon, les filles, j'espère que vous avez la niaque. Je vous préviens, je veux voir la piste fumer.

Seb est posté devant nous, bras croisés sous les aisselles, jambes écartées comme un militaire prêt à distribuer les ordres avant l'assaut. D'habitude, le simple fait de le voir vêtu du survêtement du club me colle des papillons dans l'estomac. C'est la tenue des grands jours, celle de l'adrénaline et du trac.

Mon regard s'attarde sur le logo du club qui recouvre sa poitrine comme pour mieux faire palpiter son cœur, et dévie jusqu'au drapeau derrière lequel on marchera la tête haute, lors du défilé d'ouverture. Aujourd'hui, je ne ressens presque rien.

Seb pointe un doigt au plafond :

— C'est vous les meilleures ! Allez-y, je veux vous entendre le dire !

— C'est nous les meilleures !

C'est Imane qui a gueulé le plus fort. Sa voix ricoche contre les murs de carrelage blanc et vient se heurter à ma tête lourde.

Nous sommes dans les vestiaires n° 3 du stade de Bergerac, où se déroule notre premier meeting de l'année. Je connais les lieux, nous sommes déjà venues en mai dernier. Je m'en rappelle : Louison avait insisté pour venir nous encourager et, devant ma perplexité, elle avait fini par m'avouer qu'elle avait surtout envie de reluquer des mecs musclés. Cette petite maligne s'était débrouillée pour papillonner avec un cadet (torse nu) de l'équipe locale en faisant mine de chercher les toilettes.

Les mots de Juliette chassent les taches de rousseur de Louison :

— Ouais, on va tout déchirer, on va tout déchirer ! répète-t-elle comme un mantra, les cheveux de Kentia entre les doigts.

Assise devant elle, celle-ci patiente en confrontant son stress à la résistance d'un élastique à cheveux, le temps que Juliette finisse de la coiffer. Juliette, c'est la plus superstitieuse d'entre nous. À chaque compétition, c'est la même chose, il lui faut sa culotte fétiche et des chaussettes orange. Sans oublier la sacro-sainte coiffure que nous devons absolument toutes arborer, des mini-tresses africaines ramenées à l'arrière en queue-de-cheval. Je n'aime pas tellement cette coiffure mais je m'en accommode sans trop de mal. L'esprit d'équipe, c'est comme la minceur : cela mérite bien quelques efforts.

À côté de moi, sur le banc de carrelage blanc, Imane a le visage fermé, lèvres pincées et regard de métal. Elle n'a quasiment rien dit pendant le trajet en minibus. C'est sa manière à elle de se concentrer, de faire le vide pour pouvoir tout donner ensuite. Je l'admire. Cette fille a un mental de dingue, elle pourrait suivre un régime pendant dix ans sans jamais y faire la moindre entorse. À ma place, je suis sûre qu'elle aurait déjà perdu 10 kilos. Aujourd'hui, elle est là pour la gagne. Elle vise un podium. Ces dernières semaines, elle a réalisé des perfs incroyables, presque aussi bonnes que les miennes ont été minables. Peut-être que le club devrait me remercier. Le fait que je batte Imane sur un cent mètres, même une seule fois (j'en suis arrivée à la conclusion que cela ne se reproduirait pas) lui a fait pousser des ailes. Elle n'a pas supporté que l'une d'entre nous puisse faire mieux qu'elle.

Seb se tourne vers moi :

— Et toi, Math' ? Comment tu te sens ?

Je mens :

— Ça va.

Je me vois mal lui avouer que je me sens aussi prête à aller courir dans ce froid que Louison à disputer un triathlon.

Je me mords les lèvres. Quand est-ce que je vais enfin perdre l'habitude de tout ramener à elle ?

— Tiens, attrape !

Seb me lance une barre énergétique sortie de nulle part. Je lève les mains avec un temps de retard, elle s'échoue sur le sol dans une petite exclamation de plastique. Je la regarde glisser sur le carrelage blanc et finir sa course contre le mur, comme un galet sur une piste de hockey sur glace.

Je me lève – j'ai l'impression que je pèse deux tonnes, ce meeting va rester dans les annales – pour aller récupérer le projectile sucré. Contre le mur, le papier orangé semble me lancer des éclairs.

Je reviens m'asseoir sur le banc, alourdie encore, mais cette fois par le poids du regard de Seb sur mon corps. Mais qu'est-ce qu'il a à me fixer comme ça ?

— Mange-la, m'ordonne-t-il d'une voix aussi ferme que calme.

Je le dévisage, incrédule. C'est la première fois qu'il s'occupe de me ravitailler avant une épreuve. Qu'est-ce qui lui prend ?

Il n'a pas l'air de plaisanter une seconde. Je tiens bêtement la barre entre mes mains. Elle est au chocolat. Parfum Diable, saveur des Enfers, arôme Démon. Je me sens comme un prisonnier à qui l'on demande de fusiller son voisin, sous peine d'être fusillé lui-même. Je bredouille :

— Bof, merci, j'ai bien mangé ce matin.

Il me pulvérise sur place, me griffe, m'écorche de ses yeux noirs.

— Mange-la, je te dis. T'es toute blanche, comment tu veux courir si t'as pas d'énergie ? Tu te traînes comme une limace, Mathilde.

Il a craché ces mots du bout des lèvres, avec une sorte de mépris qui me fait mal. Si ça se trouve, il a honte de me faire courir sous le drapeau du club. Je me sens rougir. Je me défends, piquée au vif :

— C'est normal, j'ai eu la grippe et…

— Me prends pas pour un con. Mange.

Je jette un œil rapide autour de moi. D'un seul coup, les filles sont toutes profondément absorbées dans leur préparation. Juliette fait mine de reprendre la coiffure de Kentia, pourtant terminée, tandis qu'Imane est plongée dans la friction de ses cuisses avec du baume camphré. L'odeur est puissante, piquante. J'ai envie de pleurer.

Seb n'a pas bougé d'un iota. Ses yeux sont toujours braqués sur moi. J'ai envie de l'envoyer se faire foutre, de lui dire que ce ne sont pas ses oignons. De prendre mes affaires et de retourner chez moi. Je prendrai le train, je ferai du stop, peu importe : je suis assez grande pour me débrouiller toute seule. Pour qui se prend-il ? Il est nutritionniste, maintenant ? Je ne vais pas manger ce truc qui contient autant de calories que ce que je m'accorde sur deux repas.

Juliette me décoche un regard furtif. J'ai le temps d'y lire de l'inquiétude, de la compassion. De la sympathie aussi. Alors je respire et j'essaie de me calmer. Je ne peux pas provoquer de nouvelle dispute aujourd'hui, pas ici ni maintenant, devant les filles qui se préparent depuis des mois en vue de cette compétition. En ce moment, j'ai l'impression que ma vie est un perpétuel slalom entre les conflits. Alors, à contrecœur, pour les filles, pour l'équipe, je déchire le papier plastifié. Le bruit me transperce le crâne, comme un éclair éventre le ciel.

Avec une lenteur infernale, je sors la barre chocolatée.

Je réalise avec stupeur que je ne salive même pas. J'en suis aussi étonnée qu'inquiète. Je ne suis pas sûre que ce soit tout à fait normal, en fait. Comme si j'étais au-delà de ce que je voulais être. Mais peut-être que ma perception est simplement altérée parce que je suis fatiguée.

— Bon, tu manges, oui ? On t'attend, je te signale.

Je brise un petit morceau et le porte à ma bouche, tête baissée. Je n'aime pas que l'on me voie manger.

Explosion de sucre dans le corps. Les yeux m'en piquent. Je le sens presque se propager dans mon sang, investir chacun de mes globules. J'avais oublié à quel point c'était bon. Et mal. Je m'étais promis de ne plus jamais manger ce genre de bombe énergétique. Je ravale mes larmes, me forçant à mastiquer cette bouillie aussi obscène que délicieuse.

Seb se détend, avec l'air de quelqu'un dont on a satisfait le caprice. Il ne se rend pas compte de ce qu'il vient de m'obliger à faire. Il n'a absolument aucune idée de ce que représentent, pour moi, 80 grammes de chocolat.

— Bon, allez, enfilez vos pointes, les filles. On va commencer l'échauffement dehors. Mettez vos survêts, il ne faut pas que vos muscles se refroidissent.

J'enfile mes pointes. Puis je me baisse pour attraper ma veste dans mon sac. J'avise les trois bouteilles de boisson achetées au centre commercial, hier. Bomba Energy, saveurs fruits, chewing-gum et cassis. Je referme le sac avec aigreur. Je n'ai pas besoin de ce genre d'artifice pour prouver ma valeur. Je vais montrer à Seb de quoi je suis capable. Je vais leur montrer à tous. À Louison aussi, même si elle s'en fiche et qu'en plus, elle a déjà probablement oublié que le meeting a lieu aujourd'hui.

Et à Ama. Tu me regardes, Ama, n'est-ce pas ? Tu vas voir, je serai sur le podium, tout à l'heure.

Je me relève brutalement.

Autour de moi, les visages des filles se mettent à tanguer.

20.

Il y a du sang partout sur mon T-shirt. Enfin je crois. Il me semble que j'avais pris un T-shirt blanc, ce matin. Mais peut-être que c'était le rouge, en fait.

J'ai mal à la tête. Dans la bouche, aussi. C'est de là que provient le sang, on dirait.

Je referme les yeux. Je suis mieux, sous la pénombre de mes paupières.

Autour de moi, j'entends des gens qui crient. Ils ne peuvent pas se taire ? Surtout la voix aiguë, on dirait qu'elle me vrille un pic à glace dans l'oreille.

Je sens des bras qui m'empoignent, me soulèvent. Hé ! Où est-ce que l'on va ? Est-ce le moment d'aller courir ? Déjà ?

J'aimerais bien attendre encore un peu, je suis épuisée. Et j'ai mal à la mâchoire, à la lèvre. De toute façon, je suis sûre que je vais arriver dans les dernières. À quoi ça sert ? Peut-être que je ne sais plus courir.

J'ai mal au cœur. C'est le chocolat, à coup sûr. Je savais bien qu'il ne s'agissait pas d'une nourriture convenable pour les papillons en devenir.

Je vais vomir.

21.

J'ouvre un œil.

Je me réveille avec la désagréable sensation d'avoir dormi trois jours. Brume. Coton. Le temps qui a passé en vous laissant de côté.

Ma mère est assise dans un fauteuil dans lequel elle paraît toute petite, tassée sur elle-même comme une fillette recroquevillée au pied d'un chêne, perdue dans les bois. Elle a les yeux fermés, l'arrière de la tête calé dans le dossier de similicuir fatigué. Je ne sais pas si elle dort véritablement ou si elle a simplement besoin de se reposer. Quelle heure est-il ? Qu'est-ce que je fais à l'hôpital ? Le relais va commencer d'une minute à l'autre !

Le meeting. La scène des vestiaires me revient brutalement, telle une rafale de vent. La barre énergétique, son papier criard et ma rage d'avoir été forcée à manger, comme un enfant.

L'humiliation vient me saisir à nouveau, m'enserre le crâne, le ventre, comme si le simple fait de l'évoquer suffisait à convoquer le sentiment.

Mon dernier souvenir est une sensation. Besoin de les faire taire, de leur montrer de quoi je suis capable.

Un soufflet de honte me chauffe le visage. Je n'ai rien démontré du tout.

Comment la compétition s'est-elle déroulée, pour les filles, après ? Je pense à Juliette et Kentia, surtout. Imane, elle, est assez forte pour avoir fait place nette dans sa tête.

Je ne vais jamais oser remettre les pieds au stade. Seb doit me haïr.

Que s'est-il passé *exactement* ?

Je me rappelle avoir repris mes esprits dans le camion de pompiers. L'un d'entre eux m'a expliqué que j'avais fait un malaise et que j'étais mal tombée. Mon menton a heurté le banc en carrelage blanc. Je me suis éclaté la lèvre, comme une prune trop mûre qui explose en tombant de la branche.

Est-ce que c'était dû au stress ?

Du bout de la langue, je me hasarde à constater les dégâts. Dès les commissures, ma lèvre supérieure me paraît monstrueuse, difforme. Je panique. Je dois être horrible. Vais-je avoir des cicatrices ? Au-dessous de mon nez, ma langue se heurte à du fil rigide, domaine sur lequel semble régner une grosse araignée noire.

— Maman ?

Immédiatement, ma mère ouvre les yeux en criant mon nom.

Au ton de sa voix, je suis rassurée. Je comprends qu'elle ne va pas m'engueuler comme ces parents qui hurlent sur leur enfant, trop soulagés de le retrouver après qu'il a manqué de se faire écraser par un camion, parce qu'il a traversé sans regarder.

Elle s'approche du lit et pose sa main à côté de mon bras :

— Comment est-ce que tu te sens ? Ça va ?

Ma tentative de sourire reste bloquée au stade de l'esquisse. Mes lèvres me font trop souffrir. Je hoche doucement la tête et je souffle à mi-voix :

— Je suis là depuis combien de temps ?

Mes paroles sont difficiles à comprendre, j'ai du mal à articuler. Chaque mouvement de ma bouche me griffe les lèvres, tire sur les pattes de l'araignée.

— Quelques heures seulement. Tu es tombée dans les vestiaires du stade. Est-ce que tu t'en rappelles ?

Je hoche la tête. Ma mère parle lentement, comme si elle craignait que j'aie du mal à entendre, ou à comprendre. Elle reprend :

— Un médecin t'a recousue et t'a fait passer quelques examens complémentaires. Il faut que je te dise que dans ta chute, tu... tu t'es un peu abîmé une dent. L'incisive droite.

Instinctivement, je porte ma main à ma bouche, pour vérifier sa déclaration. À vrai dire, je ne sens pas grand-chose de différent. La dent est toujours à sa place, rassurante. Je n'ai pas l'impression qu'il en manque un morceau. Je n'arrive pas à dire si j'ai mal à cette dent, il me semble que c'est toute ma bouche qui est douloureuse et engourdie. L'inquiétude me gagne à nouveau.

— Abîmé comment ?

Une ombre furtive passe sur le visage de ma mère.

— Ne te tracasse pas, nous irons chez un dentiste dès que tu seras sur pied. On m'a déjà donné les coordonnées d'un chirurgien spécialisé dans ce genre de... dans ce genre d'accident.

Je n'aime pas sa réponse, qui élude totalement la question. Je reformule en essayant de détacher mes mots, même si chaque syllabe amplifie la douleur qui irradie ma bouche :

— Qu'est-ce qu'elle a, ma dent ?

— Rien du tout, j'en suis sûre. Mais tu sais comment sont les médecins, ils préfèrent être prudents. Celui qui t'a soignée dit qu'il faut attendre de voir si le nerf est touché.

Mon cœur tambourine dans ma poitrine. Le nerf. Le mot m'angoisse.

— Et… c'est grave ?

Ma mère hésite quelques instants. Je n'aime pas son regard, il est fuyant. Je la fixe aussi fort que je peux. Je sens monter des larmes de colère, d'impuissance. J'ai besoin de savoir, je ne suis pas une gamine !

— Mais dis-le-moi franchement !

L'énervement l'a emporté sur la douleur, j'ai parlé aussi fort que possible.

Elle consent à répondre :

— Chuut, calme-toi, Mathilde. Je te demande pardon. Quand le nerf est atteint, la dent devient douloureuse… et grise. Et il faut la dévitaliser. Mais ne t'inquiète pas, dans ton cas je suis sûre que tout va bien.

Elle a prononcé ces derniers mots d'un ton volontairement plus confiant, comme si la forme d'un discours pouvait en minimiser la teneur. J'accuse le choc. Des images affreuses défilent devant mes yeux. J'assiste à la mort progressive de l'incisive, et bientôt, à sa disparition qui laisse un trou béant dans ma bouche. C'est horrible. Tout est horrible, de toute façon, depuis quelque temps.

Je serre les poings et tourne la tête du côté opposé à ma mère, la joue dans l'oreiller. J'ai mal à la lèvre, je voudrais ne plus avoir de bouche. Je me perds dans la contemplation de la porte et de la patère de métal argenté. L'année dernière, la vie était encore si évidente, pour moi. Comment tout a pu s'éteindre si rapidement ? La vie sans ma grand-mère, mes journées sans Louison, l'athlé sans plaisir ni passion. Je regarde de nouveau ma mère et demande, en chuchotant :

— On s'en va bientôt ? C'est moche, ici.

Ma mère acquiesce en silence. Je sais qu'elle aussi déteste cet endroit. Les odeurs, les bruits, les malades qui traînent leurs chaussons et leur perfusion, les visiteurs qui arrivent avec leur bouquet de fleurs ou leur boîte de chocolats. Les derniers jours d'Ama.

— Oui, on va rentrer. Mais il va falloir que l'on… que l'on parle, Mathilde.

J'ouvre la bouche pour me défendre, mais ma mère, d'un geste de la main, m'invite à me taire.

Ses yeux clairs projettent quelque chose d'infiniment triste. Je me sens affreusement mal à l'aise. De quoi veut-elle que l'on parle ? Pourquoi est-ce que la perspective d'une vraie discussion avec ma mère me dérange tant, en fin de compte ? Qu'est-ce qui m'effraie ?

Je regarde les draps blancs de mon lit d'hôpital, sans les voir.

— Pour l'instant, il est préférable que tu te reposes…

Elle ajoute, détournant le regard :

— Mais on doit vraiment se parler. On a déjà perdu trop de temps. Et peut-être a-t-on plus de choses à se dire qu'on ne l'imagine.

22.

Jamais je n'aurais pensé que Louison puisse me faire ça. J'ai dépassé le stade de la colère. Je suis stupéfaite. Malheureuse. Et déçue.

Comment aurais-je pu imaginer une réaction pareille de sa part ? Qu'elle prendrait la peine de décrocher son téléphone pour balancer à ma mère toute cette histoire de « complexe du papillon » (elle a toujours eu le sens de la formule) ?

Elle s'est vengée de moi, comme une gamine de dix ans.

Franchement, c'est moche.

Ce qu'on a vécu ensemble, ça n'a pas de valeur à ses yeux ? Elle n'a donc aucun respect pour les liens que l'on avait tissés ? On n'était pas juste des copines. On était des sœurs.

Je sais bien que notre amitié est de l'histoire ancienne mais, personnellement, cela ne m'empêche pas d'en garder un beau souvenir, de le chérir, même. Tous ces moments qu'on ne vit qu'avec une vraie amie. Nos peurs, nos peines, nos moments de folie.

L'été dernier, chez elle, quand elle a voulu que l'on prenne un bain de minuit dans la piscine du voisin et que l'alarme s'est déclenchée, réveillant tout le quartier.

Dans les toilettes, en cinquième, lorsqu'elle a grimpé sur la chasse d'eau pour faire peur à Vanessa et qu'elle a perdu l'équilibre, finissant, hilare, le pied dans la cuvette.

Quand elle m'a fait appeler son ex, au mois d'avril. J'étais censée me faire passer pour la police et lui annoncer qu'il avait été filmé en train de piquer des préservatifs au supermarché. Tout était prévu. La seule chose qui ne figurait pas sur le script, c'est que la mère de Louison débarque dans la chambre en gueulant : « Louison, Mathiiiilde ! À taaable mes cocottes, j'ai fait des crêpes ! »

Lorsque j'ai eu mes règles pour la première fois.

La fois où elle a voulu avaler du liquide vaisselle, après s'être fait larguer par Laïd.

À l'enterrement d'Ama, quand j'ai senti sa main chercher la mienne.

Ma mère ne m'a pas dit tout de suite ce qu'elle savait. Je pense qu'elle espérait me voir faire le premier pas. Mais mes mots ne sont pas sortis.

Et puis qu'est-ce que j'aurais pu lui expliquer, de toute façon ? Je ne sais pas moi-même ce qui m'arrive, pourquoi j'ai l'impression de m'enfoncer dans la terre grasse alors qu'à l'inverse, je voulais seulement courir plus vite, décoller et voler au-dessus des cimes.

C'est ce matin qu'a eu lieu la conversation.

À sa manière d'entrer dans ma chambre, j'ai su que c'était le moment que ma mère avait choisi, qu'elle était arrivée au point où l'échéance ne peut plus être repoussée. Qu'allait-il se passer ?

Elle s'est avancée vers moi, affichant un brave sourire de circonstance, en totale contradiction avec l'inquiétude qui saturait son regard. Comme dans un mauvais film, lorsque le héros chuchote que tout va bien aller, alors que l'autre est en train de mourir, avec du sang qui glougloute depuis le trou sombre de sa poitrine. Elle a posé sur le coin de mon lit le plateau qu'elle m'apportait. Pomme, thé et yaourt sans sucre, une nature morte qui, à elle seule, en disait déjà long. J'ai été surprise. Avait-elle deviné que je ne voulais plus de sa cuisine roborative ? Que ma perte d'appétit n'était pas liée à la mort d'Ama, à une grossesse ou à je ne sais quelle maladie, mais que je désirais vraiment perdre du poids ? J'ai eu peur.

La perspective de cette conversation devait lui coûter terriblement, à l'image d'une épreuve que l'on voudrait à tout prix éviter mais à laquelle on ne peut finalement pas échapper. Je me demande si elle avait préparé son discours, prévu l'ordre de ses questions, ou si, à l'inverse, elle s'était dit « advienne que pourra ».

Elle s'est échauffée avec les banalités d'usage, en m'embrassant sur les cheveux, ce qui n'était pas assez courant pour que je ne le remarque pas.

— Tu as bien dormi ?

— Oui, merci.

— Comment va ta lèvre, tu souffres encore ?

— Moins qu'hier. Les médicaments fonctionnent bien. Et je crois que c'est en train de dégonfler un peu.

— Et ta dent ? As-tu mal ?

— Non, je ne crois pas.

Ma mère a hoché la tête en signe d'assentiment. Un silence gêné est retombé sur la pièce. J'aurais aimé que Lascaux saute sur mon lit, que mon portable sonne ou qu'une météorite s'écrase sur le toit de la ferme, peu importe, mais rien n'est venu soulager la pesanteur qui s'était installée entre elle et moi.

Enfin, elle a hasardé :

— Mathilde, tu sais ce qui t'est arrivé au stade ?

J'ai choisi de répondre en restant en surface, dans l'évidence, pour gagner du temps à mon tour, tout en sachant que cela ne servait à rien, et que je reproduisais exactement ce que je lui reprochais. Garder mes émotions, mes sentiments à l'intérieur de moi.

— Je me suis évanouie.

— Oui, je sais bien que tu t'es évanouie. Ce que je te demande, c'est si... si tu sais pourquoi.

J'ai haussé les épaules, détourné le regard :

— Le stress, j'imagine, ou la croissance.

Elle a légèrement secoué la tête, l'air de penser « tu as donc si peu envie de parler avec moi ». Puis elle a repris :

— Non, je ne crois pas que ce soit le stress. Et tu n'y crois pas non plus, si tu veux mon avis.

C'est à ce moment-là qu'elle a commencé à me fixer avec insistance, comme un ultime encouragement, pour me faire comprendre que je pouvais encore dire les choses, plutôt que de m'enfoncer dans le silence.

Je suis restée muette, à arracher méthodiquement les minuscules bouloches de mon plaid en polaire.

Elle a inspiré une grande goulée de l'air tiède de ma chambre, puis s'est lancée, accélérant soudainement le débit. On aurait dit qu'une vanne venait de s'ouvrir.

— Je sais que tu fais un régime, pour avoir un… un écart entre les cuisses, comme ces mannequins à la mode. Et je m'en veux terriblement de ne pas l'avoir compris plus tôt. J'ai été complètement aveugle. Mais j'ai eu vraiment peur, Mathilde. Sans compter que tu aurais pu te faire encore plus mal, en tombant. Un traumatisme crânien, tu y penses ?

— Un *thigh gap.*

Elle a écarquillé les yeux, incrédule. J'ai répété, articulant avec exagération :

— Ça s'appelle un *thigh gap*. L'écart entre les cuisses.

Sa voix est devenue plus sèche, cette fois, je crois qu'elle n'avait plus peur. On dit souvent que c'est le premier pas qui coûte le plus.

— Je me fiche du nom que cela peut bien porter, Mathilde ! Tu as fait une crise d'hypoglycémie, pas une crise de stress !

J'ai secoué la tête avec empressement, en souriant presque, trop heureuse de pouvoir lui montrer son erreur :

— Ah non, impossible. Je venais de manger une barre énergétique.

Ma mère a répondu du tac au tac :

— Je sais, c'est justement ce qui a provoqué la crise. Lorsqu'on est en sous-alimentation chronique, le corps supporte mal l'arrivée brutale de sucre.

Ma bouche s'est ouverte de surprise. Ma mère a repris :

— Moi, ce que je pense, c'est que tu fais... de l'anorexie mentale, Mathilde.

Sa bouche s'est un peu contractée à l'expulsion du mot, comme s'il s'agissait d'une grossièreté, d'une maladie honteuse.

J'ai éclaté de rire :

— Ah oui ? Dis donc, ça se voit pas des masses, hein !

Elle a secoué la tête, une mèche de cheveux s'est échappée de son chignon enroulé à la va-vite :

— Je crois que tu ne te rends pas bien compte de la situation, Mathilde. Ce qui est grave, ce n'est pas tant le poids que tu as perdu, mais ce qui se passe dans ta tête.

Elle a rajouté :

— Et si, figure-toi, ça se voit, maintenant. Tu as maigri.

« Ça se voit ». J'ai tenté de dissimuler ma satisfaction. J'ai soupiré :

— C'est toi qui dramatises. Je ne suis pas anorexique, je faisais un petit régime pour être stylée au mariage de Prune. Tu ne peux pas être stylée si tu ressembles à un bûcheron.

Je me suis souvenue de ma lèvre tuméfiée et de ma dent en sursis, alors j'ai rajouté :

— Oui, je sais que ça se présente mal, pour le concours de beauté. Et puis d'abord, qui t'a raconté tout ça ?

Elle n'a pas relevé, s'engouffrant sur un chemin auquel elle ne pourrait peut-être pas accéder une seconde fois :

— J'ai pensé que tu n'allais pas bien à cause d'Ama, mais qu'avec le temps, cela finirait par s'arranger. On aurait dû en parler, tous les trois. Je regrette tellement. Parce que dans le fond, peut-être est-ce tout de même son absence qui te fragilise. Peut-être que si elle était encore là, ton régime n'aurait pas pris ces proportions.

Elle ne voulait donc pas en démordre. J'ai riposté avec hostilité :

— Ama n'a rien à voir avec la taille de mes cuisses. Je voulais maigrir pour être plus jolie. Laisse-la en dehors de ça.

Elle s'est levée et est allée ouvrir les volets, ignorant ma réaction. Elle est restée postée devant la fenêtre, face à la colline vaporisée de givre blanc. J'ai vu un corbeau passer devant la vitre pour aller se poser sur le fil électrique. Elle a repris, sans se retourner, comme si le fait de combiner les paroles et le regard constituait un effort hors de sa portée :

— Tu comprends, pour moi, ne rien dire était la solution de facilité. Tu me connais, je n'ai jamais su exprimer mes sentiments. J'ai beaucoup de mal à... évoquer tout ça. Je ne sais pas comment m'y prendre. Surtout lorsque cela concerne ceux qui comptent le plus dans ma vie. Ma mère. Ma fille. Ma famille. J'aurais aimé être une maman différente, Mathilde.

Les larmes me sont montées aux yeux. Je me suis mordu la lèvre pour tenter de les refouler.

C'était la première fois qu'elle parlait d'elle-même, de son rapport à moi, qu'elle me laissait entrevoir, même superficiellement, les ombres qui dansaient dans sa tête. La première fois qu'elle me donnait accès à elle, en fait.

En bas, le tintement de la sonnette a retenti. J'ai sursauté. Ma mère a hésité quelques secondes, avant de reprendre sa posture habituelle et de se recomposer un visage digne.

— Je reviens tout de suite.

Je l'ai interpellée avant qu'elle n'atteigne le seuil de la porte :

— Qui te l'a dit ? Pour... pour le régime. C'est Seb ?

Elle a secoué la tête, l'air surpris.

— Non.

— Alors qui ?

— Quelle importance est-ce que cela peut bien avoir ?

— Pour moi, ça en a. J'ai besoin de savoir.

Elle a hésité quelques secondes.

— C'est Louison. Elle a téléphoné. Quelqu'un lui a appris que tu étais à l'hôpital et elle voulait prendre de tes nouvelles. Elle s'inquiète pour toi, tu sais.

La sonnette a de nouveau retenti, mêlée à la voix du facteur annonçant à qui voulait l'entendre qu'il apportait un recommandé.

Je me suis enfoncée sous les couvertures. Je voulais dormir. Quand on dort, on ne pense pas.

23.

J'ai rêvé d'elles.

Ma mère et moi étions dans le jardin de la Maison du Lac avec Ama, avant qu'elle ne soit malade, avant que le monde ne dégringole à nos pieds. C'était l'hiver, une neige inattendue brillait partout autour de nous, légère comme de la poudre de riz, du sucre glace, des particules de magnésie.

Nous étions étendues côte à côte sur le sol, les cheveux mouillés de neige, encore étonnées par la grâce que nous accordait le ciel. Et nous portions toutes les trois la même robe bleue, la robe du mariage de Prune, les bras nus, marbrés de veines, sans avoir froid. Au-dessus de nous, les arbres se dressaient dans le silence. Les feuilles étaient mortes depuis longtemps, mais les branches portaient des pommes rouges et luisantes qui tombaient parfois dans la neige, dans un bruit mat qui éparpillait les flocons, ce qui me faisait rire. Les fruits devaient être chauds : autour de chacun, la neige fondait instantanément, laissant apercevoir un halo d'herbe asphyxiée par l'hiver.

Un papillon est passé devant mes yeux, j'ai tendu la main pour le toucher, il est venu s'y placer doucement, repliant ses ailes brodées de noir au bout de mon index pointé.

L'instant d'après, nous étions debout dans le champ de mon voisin, à côté de l'épouvantail qui avait, lui aussi, revêtu la robe bleue du magasin. Ama m'a tendu une boîte sortie de nulle part, et quand j'ai voulu l'attraper, elle a traversé mes mains comme si celles-ci étaient de brume, sans consistance. Dans le choc, la boîte s'est ouverte et des centaines de photos se sont éparpillées sur le sol. J'ai voulu me pencher pour les ramasser, mais elles se sont enfuies aux quatre coins du pré, comme de gros insectes de papier.

Ma mère a porté ses deux mains à sa tête et a hurlé : « Rattrape-les ! Ce sont des photos de toi ! »

La seconde suivante, j'avais mes pointes aux pieds, mais je ne pouvais pas courir, empêchée par une nuée de papillons qui venaient de s'abattre sur moi. Ils étaient partout, sur mes jambes, mes bras, mes cheveux, mes yeux, s'engouffrant dans ma bouche déjà noircie par mes cris.

Et je me suis réveillée.

24.

Je descends l'escalier, lentement, prenant bien soin de maîtriser la progression de mes épaisses chaussettes en laine. Je me tiens à la rambarde de bois.

La gravité de la situation m'est apparue ce matin, comme une claque de lucidité dont je garde encore la brûlure sur la joue.

Ma mère a raison : j'aurais pu me faire beaucoup plus mal, en tombant. Me fracasser le crâne, me couper la langue ou me casser toutes les dents dc devant.

Ma méthode n'est pas la bonne. Aucun régime n'est censé faire s'évanouir celui qui le suit. Ni rater les cours ou perdre ses amis. Il faut que je sois un peu moins exigeante avec moi-même. Je veux être mince, mais en bonne santé. Je veux pouvoir courir sans manquer de m'évanouir. Ma décision est prise : dorénavant, je vais faire plus attention, être moins stricte avec le nombre de calories. Tout ira bien, à partir d'aujourd'hui.

Je pénètre dans le hall du rez-de-chaussée et je passe à côté du portemanteau recouvert de nos vêtements d'hiver. Mon sac de sport est encore au sol, rempli de mes vêtements et des boissons énergétiques colorées. Il y a aussi les bottines en daim de ma mère, renversées sur le petit tapis dont l'usure me saute à la figure. Pourquoi mes parents ne changent-ils jamais rien dans la maison ? Les murs auraient besoin d'un bon coup de peinture. Quant à cette réplique de maisonnette suisse, pour suspendre les clés...

C'est étrange. J'ai passé deux jours dans ma chambre, et j'ai l'impression que je reviens d'un long voyage qui me fait poser un œil neuf sur ce à quoi je m'étais habituée.

J'arrive dans la cuisine.

Ma mère fait face au plan de travail, elle me tourne le dos. Depuis mon retour de l'hôpital, elle passe plus de temps à la maison qu'avec les canards ou sa comptabilité, pour pouvoir rester à mes côtés. Je ne crois pas que ce soit déjà arrivé par le passé. Lorsque j'ai eu l'appendicite, mes parents m'ont envoyée chez Ama dès que son planning de vol lui en a donné la possibilité.

Je reste quelques instants sur le seuil de la porte, à détailler ma mère. Ses cheveux sont coiffés comme toujours, sans recherche esthétique, pour le seul aspect pratique. Elle porte un jean quelconque et un pull en laine couleur de rien ; ma mère n'a jamais su s'habiller, encore moins se mettre en valeur. C'est dommage, elle pourrait être jolie. Elle paraît tellement différente d'Ama, qui avait toujours l'air de sortir d'un tableau impressionniste, même quand elle étendait les draps. Et en même temps, ma mère paraît si proche d'Ama. Il y a quelque chose en elle qui la rappelle, quelque chose de diffus, de difficile à identifier. La courbure de ses épaules, peut-être.

Ma mère se retourne et, pendant quelques secondes, me fixe, interdite, comme si elle pensait ne plus jamais me voir sur mes deux pieds. Puis elle se ressaisit :

— Oh, bonjour, Mathilde !

Elle s'essuie les mains dans son tablier et reste immobile, plantée à l'autre bout de la cuisine. On dirait que je lui fais peur. Il faut dire que je dois être encore plus moche que dimanche, même si ma dent ne semble pas avoir changé de couleur, j'ai vérifié à plusieurs reprises. Je porte toujours ma coiffure du meeting, et l'araignée de nylon est toujours tapie sous mon nez. Et elle avait raison, j'ai maigri. Je l'ai constaté dans mon miroir tout à l'heure et cela m'a surprise, comme si je ne m'étais pas regardée depuis des mois. Je ne comprends pas pourquoi je ne m'en suis pas rendu compte avant. Mes joues sont plus creuses, mes clavicules se devinent sous ma peau blanche. Il n'y a que mes jambes qui restent étrangement… consistantes à mon goût. Ce n'est pas le corps dont je rêvais. Je me sens encore moins gracieuse qu'avant, comme si la chrysalide avait donné naissance à un insecte hybride, mi-chenille, mi-papillon. Je ne ressemble pas du tout à Cézanne.

Ma mère reprend :

— Je pensais aller voir si tu dormais encore. Il est presque 11 heures.

Machinalement, je jette un œil à la pendule et je m'assieds à la table. Je fais courir mes doigts sur les tournesols imprimés sur le plastique. Ma mère poursuit :

— Tu veux man… boire quelque chose ?

Je hoche la tête et bientôt, avec empressement, elle s'active à me préparer un bol de lait chaud. La bouteille tinte contre la casserole, le bol vacille sur le plan de travail. Je détourne les yeux.

Je constate qu'elle a préparé du pain. Il trône à côté du four, avec sa croûte épaisse et ses formes irrégulières. Son odeur est chaude et franche.

J'ai envie de lui montrer ma bonne volonté, de lui faire comprendre qu'un déclic s'est produit, que j'ai bien compris que mon régime doit être moins sévère. Il ne sert à rien de s'inquiéter, je ne suis pas anorexique, c'est complètement ridicule. Je me lance :

— Je veux bien prendre du pain, aussi. Avec… de la confiture de fraises.

Le nombre de calories s'affiche instantanément, en gros chiffres lumineux, sur mon écran intérieur. 24,5 pour la cuillère de confiture, 120 pour une tranche de pain épaisse.

Ma mère me regarde avec une joie qu'elle tente de masquer, elle redoute peut-être que cela me fasse changer d'avis.

Elle soulève la miche et l'apporte vers moi, avec la solennité d'un serviteur qui s'efface derrière la valeur de son offrande. Elle en découpe une tranche, le couteau s'enfonce dans la croûte qui l'encourage en croustillant. En silence, en s'appliquant, elle nappe la mie dense d'une fine couche de confiture opaque.

La tartine est devant moi, rouge dans l'assiette blanche, comme de la viande crue, un morceau d'animal mort. Je la fixe avec une angoisse subite.

Je sens mon ventre se nouer, les larmes monter.

Je pleure.

J'ai envie de la manger mais, en même temps, je m'en sens incapable. Cette confiture qui tremblote. Cette mie compacte. Je ne peux pas. Ma volonté ne suffit pas. Maintenant, c'est mon corps qui résiste.

Je pleure de plus belle. Je regarde de nouveau la tartine. Ce morceau de pain me terrorise. Je ne peux pas le mettre dans ma bouche, le sentir glisser dans mon tube digestif. C'est impossible.

J'ai peur. Que m'arrive-t-il ? Je n'ai jamais voulu ça. Pourquoi est-ce que je réagis de la sorte ? J'ai l'impression que mon corps est contrôlé par quelqu'un que je ne connais pas. C'est une sensation affreuse. Je pleure de plus belle ; la panique et l'incompréhension me gagnent. Est-ce que je suis vraiment malade ? Quand la situation a-t-elle dérapé ? Quand est-ce que le contrôle m'a échappé ?

Je n'ai rien vu venir.

J'ai du mal à respirer. Dans ma tête, tout est opaque, je ne comprends plus rien.

Ma mère avait-elle raison, en fin de compte ? Est-ce la mort d'Ama qui a transformé ce banal régime en un trou noir qui me happe ?

Sans réfléchir, je me lève et me blottis contre ma mère. Elle reste sans bouger, complètement interdite, mais je m'en moque. Sur sa poitrine, il y a l'odeur de la lessive et du café noir.

Et puis je sens ses bras s'enrouler autour de mon dos. D'abord, ils semblent hésiter, maladroits, puis ils prennent de l'assurance et me serrent. Fort. De plus en plus fort, comme s'ils savaient que l'occasion ne se présentera peut-être plus aussi facilement. Ma respiration se calme. Dans ma poitrine, l'étau se desserre légèrement.

— Maman… je crois que j'ai besoin d'aide, hoquetté-je lamentablement.

Je sens sa main se poser sur mes cheveux. Elle commence à me les caresser. Elle chuchote :

— Tu vas t'en sortir, Mathilde. Tu sais pourquoi ? Parce qu'on est là, ton père et moi.

Et puis elle m'embrasse, suffisamment longtemps pour que sur ma joue, je puisse sentir le poids de son amour.

25.

Devant la mairie, la place est aussi colorée de monde que les rues sont blanches de flocons. À la radio, ils ont expliqué qu'il n'avait pas neigé depuis quatre ans en Périgord.

Maintenant, le ciel est presque dégagé et le soleil nous sourit de temps en temps. Je serre mes jambes l'une contre l'autre pour lutter contre le froid piquant, et je regarde autour de moi.

Tout le monde s'est mis sur son trente et un : chapeaux, manteaux sortis du pressing et gants qui fleurissent au bout des doigts, tantôt noirs, tantôt vermillon, vert sapin et même parme. Certains paraissent un peu mal à l'aise dans leur tenue du dimanche. D'autres passent de groupes en groupes avec aisance et gestes ostentatoires, visiblement ravis de leur allure des grands jours. Une troupe de gamins se fait engueuler par la bande de parents correspondants. Un père les met en garde :

— Arrêtez de courir comme ça, vous allez glisser et vous casser une jambe !

Une mère rajoute en soupirant :

— Sans compter qu'ils vont se salir ! Qu'ils attendent au moins que l'on ait pris les photos !

Je souris.

Je me tourne vers ma mère :

— Comment tu me trouves ?

Elle m'adresse un petit signe de la main, l'index arrondi sur le pouce. Sous mon manteau fraîchement brossé, ma robe bleue envoie sa lumière, juste ce qu'il faut pour me donner envie de l'admirer toutes les cinq secondes.

Mes points de suture ont été ôtés. Cela se voit encore beaucoup, j'ai d'ailleurs récolté bon nombre de regards navrés, compatissants, ainsi que les questions franches et candides des enfants (« Hé, t'as quoi sur ta bouche, c'est bizarre ! »). Je sais que je ne suis pas très jolie, mais ce n'est pas grave. L'important est que je sois venue aujourd'hui. Je suis contente de ma décision.

Des acclamations nous font nous retourner. Au bord de la route, les voitures des mariées viennent d'arriver.

Les portes s'ouvrent en cascade et les heureuses élues en descendent lentement, dans une synchronisation parfaite. Toutes deux arborent un large sourire et une robe longue réchauffée d'une cape : jaune pâle pour Prune, vert d'eau pour Clothilde, ainsi qu'une couronne de fleurs dans leurs cheveux libres. Elles sont très jolies, comme les nymphes qui figurent dans mon livre de mythologie romaine. Leur bonheur illumine la place tapissée d'hiver, plus que ne le feraient deux ou trois soleils d'été. Je souris. Leur joie est communicative. J'ai envie de les remercier.

Les cris et les applaudissements fusent de tous côtés. En retrait de la place, il y a bien quelques vieilles dames qui regardent ces deux mariées d'un air outré, mais personne n'est venu brandir des pancartes insultantes sous leur nez. Je m'en réjouis : j'aurais été triste que leur fête soit gâchée.

Mes parents et moi nous joignons au mouvement général et commençons à nous diriger vers les marches de la mairie.

Et puis je l'aperçois, tout en haut des marches.

Mon cœur se serre.

Qu'est-ce que je vais lui dire ?

Peut-être que je n'aurais pas dû venir, finalement. Peut-être que j'aurais mieux fait de rester au chaud à la maison, à écouter de la musique.

Je n'avance plus. Des invités me dépassent, entre précipitation et précaution, le sol est glissant.

Mon père se retourne après quelques pas. Même s'il porte le même costume que lors de l'enterrement d'Ama (il n'en a qu'un seul), je le trouve élégant. Ce n'est pas souvent que je le vois habillé autrement qu'avec sa combinaison bleue.

— Mathilde ? Tu nous suis ?

Ma mère revient sur ses pas et passe son bras sous le mien. Elle me souffle :

— Allez, viens, on y va.

26.

Je n'ai pas retenu grand-chose du discours du maire. Quoi que j'aie pu faire pour me concentrer sur la cérémonie, mes yeux n'arrêtaient pas de dévier vers Louison.

Je ne lui en veux plus d'avoir tout raconté à ma mère. Elle ne l'a pas fait pour se venger, je l'ai compris, maintenant. C'est aussi pour cela que je suis venue aujourd'hui. Pour lui montrer que je ne garde aucune rancune envers elle. Au contraire, je lui suis même reconnaissante : si ma mère n'avait pas été mise au courant, si elle m'avait laissée faire, je me serais peut-être définitivement enfoncée dans la maladie. Essayer de m'en sortir aurait sûrement été encore plus difficile.

Elle ne m'a pas encore vue, il me semble. En tout cas, nos regards ne se sont pas croisés.

Elle porte une courte robe couleur de groseille mûre, qui lui emboîte bien la taille. Avec ses cheveux cuivrés, l'ensemble claque comme un feu d'artifice. C'est un modèle que nous avions choisi ensemble. Dans la boutique, je me souviens qu'elle avait déclaré, radieuse : « Hé, ça déboîte, tu trouves pas ? »

Je souris à ce souvenir. Louison adore s'auto-complimenter. Ses cuisses ne laissent pas passer un atome de lumière, mais qu'importe. Elle est très jolie, avec ses courbes douces. Bien plus jolie que moi, qui suis pourtant beaucoup plus mince qu'elle, à présent. Bien plus jolie que Cézanne et son allure de papillon, que Cara Delevingne ou n'importe quel autre mannequin sur papier glacé. Les filles des magazines n'existent pas dans la vraie vie. Elles sont photoshopées à l'envi. Sur Internet, il y a même une vidéo qui circule, montrant qu'une tranche de pizza retouchée peut devenir une sublime blonde en maillot de bain carmin.

D'ailleurs, je ne semble pas être la seule à avoir remarqué la fraîcheur de Louison. Du fond de la salle, j'embrasse toute la pièce. J'ai repéré Jim, qui m'a saluée avec un petit mouvement de tête amical. Rien d'autre qu'amical. Il m'a reconnue, c'est déjà pas mal.

Jim a l'air hypnotisé par Louison. Je ne lui en veux pas.

Ils peuvent sortir ensemble, s'ils en ont envie, même si dans le fond, j'espère que Louison s'en défendra.

La cérémonie est terminée et la salle se vide lentement. On se serre la main, on se tape sur l'épaule, on cherche les enfants qui ont encore échappé à la surveillance parentale. Je fais signe à ma mère de ne pas m'attendre, elle me répond d'un regard entendu. Elle a compris.

Louison est derrière sa sœur, tout sourire. Elle plaisante avec la témoin, la meilleure amie de Prune, une fille sympa que j'ai appris à connaître pendant les préparatifs. Louison est radieuse. Je me rembrunis.

Peut-être que je ne lui manque pas du tout, en fin de compte. Peut-être qu'elle se passe très bien de moi, et qu'au collège, d'autres filles que moi profitent de sa fantaisie.

En fin de cortège, Louison s'engage dans l'allée centrale, les plis de sa robe accompagnant chacun de ses pas. Mon cœur bat la chamade. Mes mains sont moites et m'embarrassent.

Enfin, mes yeux rencontrent les siens.

Nous nous dévisageons quelques secondes pendant lesquelles le monde se réduit à notre seule présence.

Un sourire commence à se peindre sur ses lèvres. Il grandit en même temps que le mien. Bientôt, il est aussi épanoui qu'une rose sous le soleil de juillet.

Elle s'avance vers moi. Je me lève de ma chaise et vais à sa rencontre, précipitant mes pas.

Nous voilà face à face. Elle me serre dans ses bras, pas trop fort, comme si elle avait peur de me faire mal. Des volutes de son parfum s'enrubannent autour de moi. Je respire à fond. C'est l'odeur de l'amitié, qui recolle les morceaux brisés.

Elle me chuchote :

— Tu m'as manqué, idiote.

Mes larmes mouillent instantanément mes joues et dans un sanglot étranglé de rire, je réponds :

— Pardonne-moi, Louison.

27.

Noël scintille partout dans le hameau, dans mon village. Les décorations enjambent la rue principale de leurs lumières blanches, les boutiques ont ressorti leurs décors de l'année précédente, déposé d'énormes paquets factices dans leur vitrine. Les commerçants et les enfants ont le sourire jusqu'aux oreilles : chacun est un peu le Père Noël de l'autre, en quelque sorte. À Louison, j'offre deux places pour une opérette qui sera jouée au théâtre de Périgueux. J'irai avec elle, je m'en réjouis d'avance. Je connais déjà le cadeau qu'elle a choisi pour moi : elle était si contente de sa trouvaille qu'elle n'a pas pu tenir sa langue. Il s'agit d'un livre, *Born to Run*. Elle était trop heureuse de m'annoncer qu'on y parle des Tarahumaras.

Au-dessus de ma lèvre, la cicatrice se fait plus discrète. Le dentiste que nous sommes allées voir est très optimiste, même s'il préfère attendre un peu pour écarter définitivement tout risque que le nerf soit touché. Alors j'attends. Seb et les filles m'attendent aussi. De pied ferme, même ! Ils m'ont envoyé une très jolie carte et m'ont téléphoné à deux reprises. Même Imane a signé « Je t'attends sur le cent mètres ! » avec un petit smiley à côté. J'espère être en forme en janvier pour reprendre les entraînements.

J'attends demain, aussi. Ce sera ma deuxième séance chez un psychiatre spécialisé dans les troubles de l'alimentation.

28.

Du temps a passé. Février est là, recroquevillé sur ses journées courtes et froides. Nous sommes au creux de la saison touristique, ce qui n'empêche pas mes parents de continuer à courir après le temps, en prévision des beaux jours qui ramèneront leurs grappes de visiteurs gastronomes. J'ai proposé de repeindre la petite boutique en blanc.

Mon père a toujours du mal à me parler d'autre chose que de mes études ou de la ferme, je crois que ce qui nous est arrivé lui a fait peur. Que je lui ai fait peur, moi qui pendant quatorze ans avais poussé tout simplement, presque discrètement. Il va certainement lui falloir un peu de temps pour oublier ce qui s'est passé cet automne. Non, pas pour oublier. Comprendre, plutôt. Et déculpabiliser.

Avec ma mère, par contre, les relations se sont légèrement apaisées. Je pense que l'on a fait toutes les deux la moitié du chemin pour se rencontrer. J'ai plus envie d'aller vers elle, à présent. Je crois que je la vois sous un jour différent. Ou peut-être est-ce moi qui suis différente. J'ai l'impression d'avoir grandi, ces derniers temps.

Je suis retournée au stade à la rentrée de janvier. Seb et les filles étaient heureux de me retrouver, même si la première séance a été un peu étrange. Mais je m'y étais préparée. Je me doutais qu'il y aurait de la gêne, que personne ne saurait vraiment s'il fallait poser des questions ou bien agir comme si de rien n'était. Finalement, c'est moi qui en ai parlé dans les vestiaires, pour alléger la tension. J'ai essayé d'expliquer, avec ce que je comprends pour l'instant. Juliette s'est mise à pleurer. Elle avait bien constaté que j'avais un peu maigri, mais elle ne pensait pas que dans ma tête, j'étais déjà si loin, prise en otage par ce régime. Je l'ai consolée, totalement désolée du remords que je lui causais : elle n'avait absolument rien à se reprocher. Même si elle avait essayé de me mettre en garde, les petits soldats qui patrouillaient dans ma tête auraient empêché ses mots d'accéder à ma raison.

Ce soir, les vacances commencent.

Louison est venue passer la nuit à la maison. Nous sommes dans ma chambre, à plat ventre sur mon tapis blanc. Étalés au sol, des albums photos dessinent un cercle en pointillés dont nous sommes le centre. Nous les regardons en silence. De temps en temps, l'une de nous interpelle l'autre, pour lui montrer un cliché qu'elle juge particulièrement drôle ou tendre.

Moi, petite, endormie entre les grosses pattes de Lascaux.

Ama en robe floue, une grosse pivoine rose piquée dans son chignon lâche.

Mon père et ma mère, me tenant chacun par une main, au bout d'un chemin tapissé de feuilles d'automne.

Ma mère et moi, sur ma chaise haute, devant une assiette dressée avec soin et inventivité : une sorte de palmier en bananes, des feuilles en kiwis et un sol en quartiers de clémentines.

C'est le psychiatre qui m'a encouragée à regarder des photos de notre famille. Je me sens mieux depuis que je me rends à ses séances. J'ai fait des progrès. Je ne regarde plus le contenu de mon assiette comme s'il était radioactif. On parle de beaucoup de choses. De moi, de mes parents. D'Ama, souvent. Je ne pensais pas pouvoir partager ma peine avec un inconnu mais, finalement, j'y suis parvenue. Cela m'apaise. Il m'aide à accepter son absence. J'apprends aussi à ne plus reprocher à mes parents de ne pas être ceux que je voudrais qu'ils soient, à digérer le fait que je suis moins proche de ma mère que je ne l'étais de ma grand-mère. Sa manière de m'aimer est différente, c'est tout. Mais elle m'aime, profondément. Peut-être que je ne m'en rendais pas bien compte, parce que j'étais trop occupée à la comparer à Ama, à me focaliser sur ce qu'elle n'était pas. Je regrette qu'il ait fallu que je nous fasse du mal pour le réaliser.

Je ne suis pas encore guérie, mais j'ai arrêté de maigrir, car j'ai moins peur de l'avenir. Je me sens plus en paix, les choses semblent plus claires dans ma tête, je me sens mieux avec mes parents. Je sais que la partie n'est pas gagnée, mais j'ai compris que l'étape ultime, dans l'anorexie, c'est la mort. Ou une vie totalement dépendante des calories, de l'image dans le miroir qui, dans tous les cas, ne sera jamais celle que l'on voudrait voir. Une vie sans couleur ni saveur, renfermée sur elle-même, inutile. Une coquille vide.

Le ciel s'est éclairci, je recommence à rire, à prendre du plaisir à lire, à me promener, à m'intéresser à mes études. Je m'en veux de m'être laissé happer par une maladie que je me suis créée, même si je ne comprends pas encore à quel moment j'ai basculé ni ce que j'aurais pu faire pour l'éviter.

Louison renifle. Je tourne la tête vers elle. Elle a déjà tiré son sac vers elle et en extirpe un paquet de mouchoirs, senteur eucalyptus. Elle se mouche bruyamment. Je crois savoir ce qui se passe.

— Ce sont les albums photos d'Ama ? demandé-je en désignant le livret ouvert devant elle.

Elle acquiesce en silence, les yeux noyés de larmes.

Je perçois très bien ce qu'elle ressent. Les albums d'Ama sont ceux qui me font le plus mal. C'est mon père qui est allé les récupérer à la Maison du Lac. Il m'a demandé si je voulais l'accompagner, mais j'ai refusé. J'y retournerai quand je me sentirai vraiment prête. On ira tous les trois.

Les albums d'Ama sont truffés d'annotations en tous genres, de recettes, de mots d'enfants prononcés par mon oncle et ma mère, de Victor et moi, de titres de chansons, de bribes de phrases qui me semblent n'avoir ni queue ni tête. Il y a aussi des poèmes qu'elle a rédigés à l'hôpital.

Louison trompette de nouveau dans son mouchoir, puis m'adresse un sourire brave.

— C'est chouette que vous ayez récupéré tout ça. C'est magnifique, comme souvenir.

Je roule sur le dos et croise les mains derrière la tête. Je fixe le plafond, les massives poutres de bois que j'ai toujours aimées, parce qu'elles donnent un aspect chaleureux à ma chambre.

Je songe que mercredi, je suis allée au cimetière. Avec ma mère. Tout en changeant les fleurs, nous avons longuement parlé d'Ama, ensemble. De ce qu'elle aimait. De ce que ma mère lui reprochait, de son absence pendant son enfance, de ses failles. De son mode de vie insouciant, peu compatible avec le fait d'élever des enfants, du père qu'elle ne leur avait pas donné.

J'ai découvert une autre facette de ma grand-mère, que je ne connaissais pas, ou que je ne voulais pas voir. Je réalise d'ailleurs que lorsque Victor m'avait brossé le portrait d'une Ama qui ne correspondait pas à mon idéal, je ne l'avais pas cru. Je ne le voulais pas.

Ama n'était pas la femme parfaite que je me plaisais à imaginer. Mais je ne suis pas triste de l'avoir compris. Qui peut prétendre être parfait ? Je l'aime de tout mon cœur.

Avec ma mère, nous avons aussi parlé du cancer.

Je pense tout haut :

— Je sais ce qu'Ama raconte à travers ses albums photos.

— Ah bon ? Quoi ? répond Louison.

Je me redresse sur un coude et je la regarde piocher son douzième (ou vingtième) chocolat soyeux dans la boîte qu'elle a elle-même apportée. Pour me montrer l'exemple, comme elle affirme à chaque fois qu'elle plonge la main dans le coffret.

— Ce qu'elle dit, c'est qu'elle aimait la vie.

Louison s'arrête en pleine mastication pour réfléchir. Ses yeux brillent au-dessus de ses joues semées de taches de rousseur.

Je souris :

— Comme toi.

Puis j'ajoute :

— Et comme moi, aussi. Allez, vas-y, file-moi un de tes chocolats, avant qu'il n'en reste plus.

Remerciements

Merci à Thibault Meyer et à l'équipe d'athlétisme de Villefranche-sur-Saône pour leur accueil, ainsi qu'à Blandine, même si ses patientes explications sur le métier d'infirmière à domicile n'auront finalement pas servi !

ANNELISE HEURTIER

Quand j'étais une fringante ado (sans rides, sans chef et sans enfants !), je partageais mon temps entre les compétitions de gymnastique, le lycée et les bouquins. Je lisais à peu près tout ce qui me tombait sous la main !

Maintenant que je suis une raisonnable maman de trente-sept ans, je me sens bien trop vieille pour jouer les aventurières sur une poutre... alors, en plus de continuer à lire, je me suis mise à écrire ! Et le plus fou, c'est que ça a marché... la preuve, vous vencz dc terminer un de mes romans.

Prêt à recommencer ?

Du même auteur

aux éditions Casterman

collection romans

Le Carnet rouge
Prix littéraire et citoyen de la Ligue de l'Enseignement
au Salon du livre jeunesse du pays de Lorient, 2012
Prix « Gayant Lecture » au Salon du livre jeunesse de Douai, 2013
Livre élu 2013 en Livradois Forez

La Fille aux cheveux d'encre
Prix des jeunes lecteurs de Nanterre, 2013

Sweet Sixteen
Prix NRP littérature jeunesse, 2013-2014
Prix de la librairie Honoré, 2013
Prix Ado'lire de Vaux-en-Velin, 2014
Prix Livrentête, 2014
Prix Ados de la Ville de Loudéac et de la Cidéral, 2014
Prix du festival du livre de jeunesse de Cherbourg-Octeville, 2014
Prix Ravinala du livre voyageur de Majunga, Madagascar, 2014
Prix Aficion'ados de la Médiathèque du Mont de Marsan, 2015
Prix Lire@Sénart, 2015
Prix Tatoulu Blanc, 2015
Prix Tapage, 2015
Prix littéraire des collégiens de Haute-Savoie, 2015

Là où naissent les nuages
Prix RTS Littérature Ados 2015

Refuges

Charly Tempête
Tome 1. On déménage!
Tome 2. Drôle de rentrée!
Tome 3. L'affaire du chien
Tome 4. Tous pour un!

collection Les albums Casterman

Babakunde